新　潮　文　庫

今夜、もし僕が死ななければ

浅原ナオト著

新　潮　社　版

11411

今夜、
もし僕が
死ななければ

If I don't die tonight.

第一幕　十四歳、『いつも2人で』

「ヤな女」
「バカな男」

――一九六七年公開、『いつも２人で』より

1

「人間の価値は、死ぬ時に分かるっていうけれど」

医薬品の臭いで満ちた病室の中、隣のベッドの老女がしみじみと呟く。見舞いに訪れた中年女性は眉尻を大きく下げ、悲哀と困惑が混ざった複雑な表情を見せる。

「こうやって死に際にお見舞いに来てくれる人がいる私は、本当に幸せ者よね」

老女は、前の見舞い客にも同じことを言っていた。その前にも、その前にも。言われた側の反応は、だいたい似たようなもの。

「弱気にならないで下さい。病は気からですよ」

老女が満足そうに微笑んだ。命を盾にしたパフォーマンス、と呼ぶのは酷だろう。病に侵された老女が余命幾ばくもないのは事実だ。手首の薄皮を軽く裂き、今から死んでやると喚く輩と十把一絡げには出来ない。

私は老女から視線を外し、ベッドテーブルを広げた。そして各ベッドの傍に一つずつ備えられているラックから、ノートパソコンとヘッドホンと『デンジャラス・ビューティー』のＤＶＤを取り出す。今からおよそ四年前、二〇〇一年に日本公開されたアメリカ映画。主演女優のサンドラ・ブロックのために劇場まで足を運んだ。口の大きな女が好きだ。そういう女は、笑うとかわいい。

ヘッドホンを耳に当てて、ＤＶＤを再生。隣のベッドの会話が音楽にかき消される。だけど鼓膜の内側にこびりついた言葉は、なかなか消えない。

――人間の価値は、死ぬ時に分かるっていうけれど。

勤務中に倒れた私が病院に担ぎこまれ、末期の大腸がんと診断されてから、今日でおよそ二週間になる。

緊急に命に関わる部位は切除したものの、全身に転移していてもうどうしようもないということだった。医者が言うには、若い人間は体力があるから重い病気にかかっても手遅れになるまで気づかないことが多いらしい。その話を聞いて、私は笑ってしまった。四十を超えた身で「若い」と評されることが可笑しかったからだ。しかし入院して思い直した。確かにこの界隈で、私は若い。

入院したばかりの時、隣のベッドにはやたら独り言の多い関西弁の老人が寝転がっていた。私はふとした拍子にぼうっと中空を見上げ、独りごちる彼が嫌いではなかった。神と言葉を交わしているようであり、畏敬の念を覚えることすらあった。だけど彼は数日前、この世ごと病院を去ってしまった。私が最後に耳にした独り言は「阿呆か」だった。

彼がいなくなってすぐ、入れかわるように老女がやってきた。ここはがんセンターではなく、病室はがん患者専用の部屋ではないのに、どうも私と似たような病を患っているらしい。世の中はどうやら、専用の部屋を用意しなくても勝手に集まってしまうほど、死にかけの人間で溢れかえっているようだ。

華道教室で師範をやっていたという老女の下には、次から次へと見舞い客が訪れた。ラックに見舞い品が収まりきらなくなり、老女は「貰ってちょうだい」と高そうなクッキー缶を私によこした。私が入院してから貰った見舞い品は会社の部署名義で贈られたゼリーの詰め合わせだけ。それもとっくに食べ終えてしまった。

人間の価値は死ぬ時に分かる。

老女の言葉は、正しい。

◆

四月下旬、私は病室で『エリン・ブロコビッチ』を観てから、ふらりと病院の休憩所に向かった。

ジュリア・ロバーツのような口のデカいイイ女を探して――というわけではないが、

休憩所に着いた私は辺りをざっと見渡した。そしてやはりそこは『プリティ・ウーマン』の舞台となった夢追い人の街ハリウッドではなく、病人が集まる何の変哲もない総合病院だった。隣のベッドの老女が見舞い客らしき年老いた男と言葉を交わしているのを見つけ、気まずさから病室に戻ることを考えたが、それもまた気まずいので適当な椅子を選んで腰かけてテレビに目を向けた。

テレビでは名前と顔ぐらいは知っている芸能人が一堂に会し、「ゴールデンウィークに行きたい穴場スポット」とやらを紹介していた。映画の宣伝でも流してくれないだろうか。来月に封切りされる『デンジャラス・ビューティー2』の特集でもしてくれれば、少しは生きる気力も――

ふと、左から人の気配を感じた。

学ランの胸に面会バッジをつけた少年が、いつの間にか私の傍の椅子に座っていた。中学生だろうか。色白で細身。端正な顔つき。長いまつ毛からは、男の子に似つかわしくない儚さと艶めかしさを感じる。

少年はテレビを見ていなかった。話し相手もなく、一人でポツンと座っているのに、さあおれを見ろと存在を主張する休憩所の主には目もくれない。瞳をわずかに細め、ただひたすらに、ある人物をじっと見つめている。

隣の老女。

「それでいったん退院して、延命治療と緩和治療のどちらかを選ぶの。私は緩和治療にしようと思っているわ。もう十分生きたし、これ以上、長生きしてもしょうがないものね。息子夫婦も是非うちに来てくれって言ってくれているし――」

見舞い客に近況を話しているだけだ。だけど少年は、まるでそれが暗号で行われているテロリストの作戦会議であるかのように、老女に視線を送り続けていた。私もそんな少年から目を離せず、整った横顔を凝視する。

やがて見舞い客が休憩所を去り、老女が一人になった。深いしわの刻まれた顔がテレビに向けられる。

少年が立ち上がった。

瞬間、空気が変わった。立つ場所を世界の中心に変えてしまう、一挙一動で地軸を動かす人間は存在する。私もそういう人間を幾度となく見たことがある。――銀幕の中で。

「あの」

少年が老女に声をかけた。老女の狐につままれたような様子から、二人が顔見知りでないことが分かる。

「これから、変なことを言います。信じられないかもしれないけれど、参考程度で構いませんので、耳を傾けてくれると嬉しいです」

少年が自分の胸に手を乗せた。私は少年の言葉を聞き漏らすまいと、息をひそめて耳をそばだてる。

「僕、人のシキが見えるんです」

シキガミエル。

耳にした「シキ」を、私は脳で「死期」に変換した。だけど、却下した。あり得ないと思ったからだ。数学の問題を解いていたのに答えが化学式になった。それぐらいのおかしさがあった。

四季、士気、指揮、式、色――変換候補を探す私に、少年が解答を告げる。

「つまり、死に近づいている人が分かるということです」

死期で正解。少年は、続ける。

「それでおばあさんは……すごく危ないんです。さっきまで一緒にいたおじいさんとの話を聞いていて、たくさんの人に愛されている方なんだなと思いました。言い残していることとか、いっぱいあるんだろうなって。だから、こんなこと言うのも差し出がましいとは思うんですけど、なるべく早く――」

肉が肉を叩く音が、休憩所に鳴り響いた。

音が人々の視線を集め、テレビが休憩所の主の座を少年と老女に明け渡す。老女が少年の頰を叩いた手を震わせ、金切り声を上げた。

「気味の悪いことを言わないでちょうだい！」

老女が立ち上がり、休憩所から去って行った。頬を押さえて俯く少年は痛々しく、人々の視線は散って再びテレビが休憩所の主に返り咲く。だけど私は少年から目を離すことが出来ない。月が地球に隷属するように、地球が太陽に隷属するように、私は少年に隷属する。

水の中を歩いているように、少年がゆっくりと細い足を動かす。遠ざかっていく少年の背中を見つめる私の耳に、都内の庭園を紹介するテレビの音が空しく響いた。皆さん、実は桜の季節が終わった今こそが、この庭園の本当の狙い目なんです――

ここはハリウッドではない。あの少年もおそらく、映画俳優ではない。

だけど私は、頬に手を当てて冷たい床を見つめる少年の瞳に、名優リバー・フェニックスと同じ光を確かに見た。

◆

休憩所から病室に戻った私は、チラチラと隣の老女を観察した。

老女は老眼鏡をかけて本を読んだり、編み物をしたり、いつもと何ら変わったことはしていなかった。死期が近づいているとはまるで考えていない。暗に「あんな戯言を本気にしているなんて馬鹿じゃないの？」と言われている気がした。

やがて消灯時間を迎えたが、私は上手(うま)く寝付けなかった。暗い天井を眺めながらぼんやりと少年のことを想(おも)う。恋をしているみたいだなと考えて、そのおかしさに苦笑する。そういう感情はもう、とっくに懲(こ)りたはずなのに。

大学生の頃、私には彼女がいた。

映画サークルで知り合った同学年の女性。口が大きく、笑うと夏空に浮かぶ入道雲のように白い歯が輝いていた。私は映画が教えてくれた口説き文句たちを彼女に試し、その全(すべ)てをことごとく跳ね返された。そして最後の最後、やぶれかぶれに自分の言葉で想いの丈を告げたら、あっさりとOKを貰えた。要するに私はブラッド・ピットでも、リチャード・ギアでも、ゲーリー・クーパーでもなかったのだ。

私たちはよく新宿でデートをした。JR新宿駅の東口で合流し、一緒に歌舞伎町(かぶきちょう)まで映画を観に行くのが定番のデートコース。そして私は毎度毎度、その待ち合わせに少し遅れて出向いた。男は少し遅れるぐらいが格好良いなどと気障(きざ)なことを考えていたのが理由の一つ。そしてもう一つは、遅れて出向いた時の彼女の反応がとても愛らしかったから。

東口に着いた私はまず、彼女に見つからないように彼女を探す。首尾よく見つけた後は背後からこっそりと彼女に近寄り、後頭部をこつんと叩く。すると彼女はいつも上目使いに私を見やり、白い歯を並べてニカッと笑いながらこう言う。

「遅い」

そう、私は遅い。いつだって。何もかも――

「……うー」

呻き声。

上体を起こし、声の聞こえた方を見やる。老女のベッド側。私のベッドを囲む薄いカーテンが、月明かりに照らされて青白く輝いている。

「うー、うー、うー……」

私はベッドから降り、カーテンを開けた。サイレンのように低く唸る声はやはり、私のベッドと同じカーテンに覆われた、老女のベッドから漏れている。

「うー、うー、うー、うー、うー、うー、うー、うー、うー、うー、うー、うー」

唾を飲む。カーテンに手をかけ、息を吸って吐く。「開けますよ」と確かめるように呟き、カーテンを勢いよく開く。

老女の血走った目が、私を捉えた。

口をパクパクと動かしながら、老女が私に手を伸ばした。枯れ枝のような腕が私の病院服を掴み、その見た目と相反する力強さに肝が冷える。ほんの数時間前まで老女は時間を潰していた。「自分には潰せる時間がある」と思っていた。それが今は、死の淵にいる。

私はベッド傍のナースコールを押し、応答した看護師に事情を説明した。すぐに女性の看護師が現れ、老女の身体をさすりながら「どうしました?」「大丈夫ですか?」と声をかける。しかし老女はまともな返事を返せず、看護師はせっぱ詰まった声で私に尋ねた。

「いつ頃からこうなりましたか?」

「ついさっきです。気づいてすぐにお呼びしました」

「それより前に、何か変わったことはありませんでしたか?」

――僕、人の死期が見えるんです。

「……ありません」

看護師が訝しげに私を見やった。しかしすぐ医者が現れてうやむやになる。医者に「後は任せて下さい」と追いやられ、私は自分のベッドに戻った。

眠りに落ちようと試みるが、眠れるわけがない。老女が搬送され、静寂が戻っても、覚めきってしまった頭はどうにもならなかった。頭の後ろで手を組み、いつもより遠くに感じる天井を見上げながら物思いに耽る。

確信に近い予感が、二つある。

一つ。老女はもう帰ってこない。私は医者ではないから、老女の容態の詳しいところは分からない。だけど理屈を超えた部分で感じる。老女の命の灯は、既に消えかかっている。

そしてもう一つ。

あの少年は、嘘をついていない。

2

翌朝、看護師が隣のベッド周りを片付けていた。

私は手を合わせ、老女に黙禱を捧げた。それから昨日と同じように休憩所に出向き、芸能人のしゃべくりを聞き流しながら周囲を観察。昼食後はノートパソコンとヘッドホンを休憩所に持ち込み、映画を観ながら同じことを繰り返す。多くの人間が奇異なものを見る目で私を見てきたが、無視した。

翌日も、翌々日も、私は同じことをした。そのうち看護師から「最近、休憩所に入りびたっているみたいですけど、なぜですか？」と尋ねられ、私は「あちらの方が落ち着くんです」とごまかした。答えたくなかったというより、答えられなかった。自分が何を期待しているかは分かっている。だけどその期待通りのことが起こったとして、どうしたいのか。それが分からない。

あえて言うならば、知りたかった。人が死を迎えるとは、人の命が尽きるとはどういうことなのか。一人の死にゆく人間として。そして――

一人の、伴侶と死別した男として。

社会人二年目。私は学生時代から付き合いを続け、半同棲状態だった彼女と結婚することにした。となれば、お互いの親に話を通さなくてはならない。彼女の父親は柔道の国体出場経験もある堅物とのことであり、海沿いの小さな町にある実家に出向く道中、彼女はさんざんに私を脅した。

「高校の時の彼氏はナマイキなこと言って投げ飛ばされたから、気をつけてね」

実家の居間に通された私は、忠告通り言葉の端々に細心の注意を払った。しかし父親はそもそも口を開くことすらなく、私と彼女と母親が談笑交じりに会話を交わしている間、ひたすら不機嫌そうな仏頂面で私を睨みつけていた。

やがて、話題が尽きた。沈黙が生まれる。父親が大きな身体をのっそりと動かし、私に声をかけた。

「君」

「はい」

「君と娘は映画サークルで出会ったと言っていたな」

「はい」

「君の一番好きな映画はなんだ？」

私は脳内のデータベースを検索し、父親好みの解答を導き出そうと試みた。フーテンの寅さん辺りが無難だろうか。しかし私は邦画には明るくないから、詳しく聞かれたら答えられない。ならば——そうだ、『ゴッドファーザー』だ。あれは年長者の男性受けが良い。

私は胸を張り、堂々と質問に答えた。

「『いつも2人で』です」

最愛の女優であるオードリー・ヘップバーンの後期代表作。どこか天上の人間じみていた彼女が人生にくたびれた女を演じ、地上に降りてなお絶大な存在感を放つと世に知らしめた名作。私は、それを口にした。

知っている人間は当然のように知っているが、知らない人間はまるで知らない、微妙な立ち位置の作品だ。せめて『ローマの休日』にすれば良かったかもしれない。だけど私は、どうしても、映画に関して嘘をつけなかった。

「そうか」

武骨な指で漆塗りのテーブルを撫でながら、父親が厚い唇を開いた。

「あれは、良かったな」

かくて、私は彼女の生涯の伴侶となる資格を得た。帰りの車内でしれっと「お父さんの一番好きな女優もヘップバーンだから」と言ってのけた彼女に、私は「そういうのは先に言っておけよ」と不平をこぼした。彼女はそんな私を見て、おかしそうに笑った。

「ごめんね。好きな人に他に好きな女がいるって認めたくなくて」

「女優だぞ」

「だから？」

赤信号にさしかかり、車が止まった。彼女が私に抱き着き、湿っぽく囁く。

「ヘップバーンより、わたしを愛して」

甘い香りが鼻腔を撫でる。私が彼女の背に手を回して口づけを落とすと、彼女も自分の舌を私の舌に絡ませてきた。どうだヘップバーン、お前にこれが出来るかと、世界中に愛された世紀の大女優に喧嘩を売る。

大丈夫だ。彼女とならば一生を共に歩める。かけがえのない未来を築くことが出来る。

ずっと――

◆

金曜の夕方、学生服を着た少年が休憩所に現れた。

その時、私は『グッド・ウィル・ハンティング』を観ていた。ロビン・ウィリアムズがマット・デイモンに向かって「It's not your fault」と繰り返すシーン。私は生まれて初めて映画の視聴をクライマックスで中断し、ノートパソコンを閉じた。

　自動販売機でペットボトル飲料を買い、少年が休憩所から出て行く。私はノートパソコンをテーブルに放置してその後を追った。廊下を曲がる少年の肩を摑み、声をかける。

「君」

　少年の身体が、わずかに上下した。そしてゆっくりと振り返り、見知らぬ男を前にした畏怖と困惑を表情で伝える。私は少年の反応を試すため、出し抜けに告げた。

「あのおばあさん、亡くなったよ」

「え？」

「少し前、君がこの病院で頰を叩かれたおばあさん。君が予言した通り、あれからすぐに亡くなった」

　目を凝らし、少年を観察する。少しの心の動きも見逃してはならない。特に驚愕、「適当言っただけなのに本当に死んじゃったんだ」という類の感情だけは、絶対に。

　少年が俯き、長いまつ毛の下で目線を横に流した。

「……そうですか」

　やる瀬無い。

　一言で表現するなら、それだった。分かっていたけれど、当然のことだけれど、やりきれない。悲劇的な結末を迎えることが分かっている映画を鑑賞し、その通りの結末を迎えた時に、彼女がよくしていた表情。

確信に近い予感が、確信に変わった。

「君の用事が終わった後、僕と話せないか」

少年に迫り、勢いよくまくしたてる。

「君は誰かのお見舞いに来たんだろう。それが終わったら僕の病室に来て欲しい。君と話がしたい。君のことをもっと知りたいんだ」

少年はきょとんと目を丸くしていた。幼さの残る高い声で、私に尋ねる。

「なぜ？」

なぜ。

それは――知りたいからだ。一人の死にかけている人間として、愛する人の死に触れた人間として、人の死が持つ意味を教えて欲しいからだ。

死は運命なのか。

死期が見えた人間を救うことは出来ないのか。

私は、彼女を――

「――人の死期が見えるなんて、すごい能力を持った人間に出会ったら」

私は肩を竦めながら、おどけたように言って見せた。

「その人のことをもっと知りたいと思うのは、当然じゃないか？」

はぐらかす。少年が口元を緩め、あどけなく笑った。

「そうですね」

◆

一時間後、少年が私の病室に現れた。

学生服をしっかりと着込み、両手を腿に乗せて背筋を伸ばしてベッド傍の椅子に座る少年からは、若者特有の「隙」が感じられなかった。好ましくはあるが、不安にもなる。隙間は成長の余地だ。子どもには、あった方がいい。

「じゃあ、自己紹介から入ろうか」

話を切り出す。呼びつけた年長者として、会話をリードするのは私の役割だ。

「僕は稲川俊人。見ての通り、病人だ。がんが全身に転移していてもう長くない。もしかしたら、君には僕の死期が見えているんじゃないか？」

「……いえ、まだ見えていません。本当に危なくならないと見えないんです」

少年が申し訳なさそうに頭を下げた。謝らせるつもりはなかったのに、いきなりしくじった。私は「いいよ」と話をうやむやにする。

「君の名前は？」

「新山遥（にいやまはるか）です。新しい山に、遥か彼方（かなた）の遥か」

遥。女の子みたいな名前だ。よく似合っているけれど。

「今日は誰のお見舞いなんだ？」

「母です。足を骨折してしまって、父が単身赴任中なので、僕が面倒を見ています」

「そうか。大変だね。中学生？」

「はい。三年生です」

「ということは、十四歳か十五歳か」

「そろそろ十五ですが、今は十四ですね」

何気ないやりとりの裏に、緊張が張り巡らされる。私が本当に聞きたいことは名前や年齢ではない。遥もそれは間違いなく分かっている。

「君は、生まれた時から人の死期が見えるのか？」

死期が見える。口にして改めて、馬鹿げた話だと思った。しかし遥はついさっき名前や年齢を聞かれた時のように、何の抵抗もなく問いを受け入れる。

「いいえ。十歳の頃からです」

「なにか、能力に目覚めるきっかけがあったのかい？」

遥の頬が強張（こわば）った。触れられたくないところに触れられた顔。

「話したくないなら、話さなくていいよ」

フォローを入れる。しかし遥は唇を動かし、何事かを答えようとしてくれていた。律儀(りちぎ)な子だ。このまま待っていればそれがどんな凄惨(せいさん)な過去であれ語ってくれるだろう。だがそれは、四十過ぎた大人の男が十四歳の少年にとってよい態度ではない。

「死期が見えたら、その人はどれぐらいで死ぬんだ？」

話を逸(そ)らす。遥の表情が、目に見えて緩んだ。

「分かりません。すぐ亡くなったこともあれば、二週間もったこともあります」

「事故死のようなケースでも見えるのか？」

「見えません。能力に目覚めてから、そういう人と死ぬ直前に会ったことはありませんが」

「じゃあ、どうして分かるんだ？」

「僕に能力のことを教えてくれた人がいて、その人に聞きました」

「そんな人がいるのか？」

「……ええ、まあ」

歯切れが悪い。気になるが、また話題を変えてやる。

「死が近い人間は、どういう風に見えるんだ？」

「胸に海が見えます」

「海？」

「正しくは『海のようなもの』です。波打つ水の塊のようなものが、その人の心臓の上辺りに見えます」

反射的に、私は自分の胸を押さえた。遥がおかしそうに笑う。

「先ほども言いましたけど、稲川さんにはまだ見えていませんよ」

「でも、いずれは見えるんだろう？」

「それは——」

言い淀む遥に、私は問いを重ねた。これだけは絶対に聞かなくてはならない。

「そうなったら、君は僕にそれを言うのか？」

隣の空きベッドを見やる。遥はあの老女に死が迫っていることを教える必要は無かった。黙っていれば誰にも分からなかった。だけど、それをしなかった。そこには間違いなく、強い信念がある。

遥が小さな、だけど芯の通った声で答えた。

「言います」

予想通りの返事。私は黙って言葉の続きを待つ。

「誰彼構わずに言うわけではありません。だけど稲川さんみたいに死を覚悟していて、その時期を待っているような人には、言うことにしています。言い残したこと、やり残したこと、出来るだけやりきってから天国に旅立てるように。死の間際、いよいよそれが避けきれなくなってから、後悔することがないように」

「でも、話したところで簡単に理解は得られないだろう」

「いいんです。少しでも意識してくれれば、きっと行動は変わります」

変わらなかったよ。君が死を告げたあのおばあさんは、いつもと何ら変わることなく無為に時間を潰し、何も残すことなくこの世を去った。君の行為は、ただ君の頬に痛みを与えただけで終わった。

私は遥を見つめる。遥は私を見つめ返す。何を言われてもこの信念を曲げるつもりはない。中学生の少年には似つかわしくない、悲壮な覚悟を秘めた瞳が私を捉える。

「――君は、映画を観るか？」

急な話題転換に、遥の目からふっと力が抜けた。

「観ますけど、そんなには」

「そうか。僕はよく観るんだ。大学生の頃は映画サークルに入っていた。そこのラックに映画のＤＶＤがたくさん入っている。開けてごらん」

ベッド脇(わき)のラックを指さす。遥がラックの扉を開き、感嘆の声を上げた。

「すごいですね。これ全部、稲川さんのものですか？」

「もちろん。自宅にもあるし、ビデオテープはその数倍ある。君の家にＤＶＤのプレイヤーはあるかい？」

「あります」

「じゃあそこにあるＤＶＤは、全部君にあげるよ」

遥が「え」と私を見た。私は両手をシーツの上で組み、淡々と告げる。

「僕が死んだら君にそのコレクションを貰って欲しい。これも何かの縁だ」

「それは、さすがに……」

「遠慮しないでくれ。何も君に施しを与えたいわけじゃない。代わりに頼みたいことがちゃんとある」

身体を前に傾け、遥に自分の顔を近づける。

「僕の死を、君に見届けて欲しい」

知りたくなった。

いよいよ避けきれなくなった死を前に、私は何を思うのか。生きる意味はとうに無くし、ただ緩慢に死に向かっていくだけだった人生に決定的な行き止まりが見えた時、私の中に芽生える感情は何なのか。

「僕はＤＶＤを君に渡す。君は映画を観て僕に感想を語る。そのうち、君に僕の死が見える。そうなったら教えて欲しい。どうだ？」

遥の視線が泳いだ。他人に死を告げたことはあっても、他人から死ぬまでつきあってくれと言われたことはないのだろう。自分が能力に感じている使命をどこまで拡大するか、悩んでいるのが分かる。

「本当に、コレクションを渡す相手は誰もいないんですか」

「ああ。両親とは死別した。兄弟もいないし、親戚づきあいもない。妻は——昔はいたけれど、今はいない」

私は背筋を伸ばし、体勢を整えなおした。中学生の少年だと侮ることなく、誠意をもって接するべきだ。遥は話してくれた。だから私も話さなくてはならない。

私の罪を。

「僕が殺した」

3

結婚後、私と彼女はマンションの一室を借りて共同生活を始めた。

専業主婦になった彼女は毎朝、私の身支度を整えてくれるようになった。朝食を作り、会社に持っていく弁当を作り、彼女とは別の部屋で眠っている私を起こす。朝に弱い私が彼女に起こされるより早く起きることはほとんどなく、彼女はよく「お母さんになったつもりはないんだけど」と私をからかった。

結婚一年目の冬。

私と彼女は一緒に映画のビデオを観ていた。『エンドレス・ラブ』。タイトルと同じ名前の主題歌がアカデミー賞にノミネートされ、公開年で最も売れた曲となりながら、映画自体はその年の最も酷(ひど)い映画を決めるゴールデンラズベリー賞に七部門もノミネートされたいわくつきの作品。そんな作品でも彼女と一緒ならば楽しめた。私にとって彼女と一緒に観る映画は全て、まごうことなき傑作だった。

クライマックス近く、彼女が「頭が痛い」と言い出した。

彼女は映画の視聴を中断し、「おやすみ」と言い残して自分の部屋に引っ込んだ。私は彼女に「おやすみ」と返した。それが私から彼女にかけた最後の言葉になった。私は映画を最後まで観て、眠りについた。

翌朝、私は遅刻ギリギリの時間に目を覚ました。

枕元(まくらもと)の時計を見て真っ青になりリビングに飛び出すと、朝食も弁当も用意されておらず、私は彼女が起きていないことを悟った。急いで身支度を整え、さあ出かけるぞとビジネスバッグを持つ。そして彼女の部屋の前を通り過ぎようとして、ふと足を止めた。

——どうしたんだろう?

結婚してから今日まで、彼女が朝起きていなかったことなんてない。彼女も人間だから寝坊することぐらいはあるだろうが、違和感は拭(ぬぐ)えない。そう言えば昨日、頭が痛いと言っていた。もしかして起き上がれないぐらいに体調が悪いのだろうか。

寝かせてやった方がいいのか。声をかけた方がいいのか。何にせよ一つ、絶対に間違いないのは――

急がないと遅刻する。

「行ってきます！」

玄関から外に飛び出す。全速力で駅に向かい、電車に滑り込んで一息つく。携帯電話どころかポケベルもない時代だ。仕事に没頭するうちに私は朝の異変を忘れ、帰る頃になってようやく彼女がおかしかったことを思い出し、だけど特に何もせずいつも通り家に帰った。

私が彼女の遺体を発見したのは、帰宅してすぐのことだった。

◆

くも膜下出血。

病院での司法解剖の結果、死因はそう判明した。ほとんど前触れもなく発症し、突然死の原因として有名な病気だと言われた。だがそんなことはどうでも良かった。医者が教えてくれた中で大事な情報は二つだけ。彼女が死んでしまったこと。そして――

死亡推定時刻が、午前九時頃だということ。

起き抜けに脳内出血を起こし、言葉も出せず身体も動かせず、それでもしばらくは生きていたらしい。私がドアの前で悩んでいたあの時も。私は「朝のうちに発見出来ていれば助かったのか」と医者を問い詰め、医者は「分かりません」と首を横に振った。

彼女の両親が病院に到着したのは、翌日の夕方頃だった。私は二人を彼女が眠る部屋に案内した。ストレッチャーに乗せられた彼女の顔にかかった布をめくるなり、義母は泣き崩れた。義父はそんな義母の肩を抱きながら、電話で私から聞いた話を改めて確かめた。

「君が会社に行く時、娘はまだ生きていたそうだな」

私はこくりと頷いた。義父が義母から手を離し、ずいと私に迫る。

「どうして放って出かけた！　おかしいと思わなかったのか！」

思った。確かに、間違いなく、思った。どうして起きてこないんだろう。今までこんなことは無かったのに。もしかして昨日の頭痛と関係があるのだろうか。そこまで考えた。だけど結局、ドアを開けることなく出かけてしまった。どうしてだっけ。

ああ、そうだ。思い出した。

「……急いでいたので」

身体が浮いた。

義父に胸ぐらを摑まれて持ち上げられ、私はつま先立ちになった。憎悪に満ちた視線が私を射抜き、私は焦点の合わない瞳でぼんやりと義父を見返す。全てがどうでも良かった。このまま私を彼女のいるあの世に送ってくれるなら、それでも一向に構わなかった。

義父が、わなわなと震える唇を開いた。

「お前が――」

◆

死が見えてしまったら、もうどうしようもない。

遥は私にそう言った。少なくとも遥の知る限りでは、見えた後に生き延びた人間は一人もいないそうだ。「だからもし稲川さんが僕と同じ力を持っていて、奥さんの死が見えたとしても、どうにもならなかったと思います」。そう語る遥に、私は「そうか」と素っ気ない言葉を返した。

DVDの譲渡契約は成立した。だけど遥は、私がいつ何を観たくなるか分からないから出来るだけ手元に多くの映画があった方がいいと、生きている間は一枚ずつの貸し借りしか行わないと主張した。私はその主張を受け入れた。意見に同調したというより、遥の頑固さを察して、折れることにした。

遥が最初に借りたDVDは『キャッチ・ミー・イフ・ユー・キャン』だった。三日後に返しに来て感想を語り、次は『戦場のピアニスト』を選んだ。私が「どういう基準で選んでいるんだ？」と尋ねると、遥は「名前を聞いた覚えのあるものを選んでいます」と答えた。私は「案外ミーハーなんだな」とからかい、遥は照れくさそうにはにかんだ。

五回目の訪問時、私は遥に好きな女優のタイプを尋ねてみた。

質問に、遥は目に見えて動揺した。良く言えば成熟している、悪く言えば少年らしさに欠けた遥の思春期的な恥じらいが面白く、私はさらに踏み込む。

「おっぱいは大きい方が好きか？」

「……あまり芸能人には興味なくて」

「タイプの話だよ。僕は口の大きな女優が好きだ。ジュリア・ロバーツとか、キャメロン・ディアスとか、いわゆるハリウッドスマイルの似合う女優。一番好きなのはオードリー・ヘップバーンだけど」

こちらが心を開いてみせれば、自分だけだんまりを決め込むことは出来ない。そういう律儀な性格につけこむ。狙い通り、遥は観念したように口を開いた。

「女優のタイプ、とはちょっと違いますけど……」

「なんだ？」

「背が低い子……というか、小さくてかわいい感じの子が好きです」

私は顎に手を当て、「なるほど」と大きく頷いてみせた。

「ロリコンか」

「そうじゃなくて！」

「まだ中学生なんだから、小学生の彼女を作っても許されるんじゃないか？」

「そんな気ないですよ！」

必死になる遥をからかう。自然と笑みがこぼれる。長い間、それこそ年単位で動かしていなかった表情筋に血が通う感覚は、素直に心地良かった。

ある日、病院食の配膳に来た若い女性の看護師に、遥のことを尋ねられた。

私は「近所に住んでいる親戚の子」と答えた。親戚なんて一人も見舞いに来たことがないのに怪しまれるかとも思ったけれど、看護師はそこには触れなかった。触れないでくれた、と言った方が正解だろうか。「そうなんですかー」と明るく答え、話を広げる。

「よくいらっしゃいますよね。何を話されているんですか？」

「持てあましている映画のＤＶＤを貸して、その話をしていますね」

「映画、よく観ていますよね」

「ええ。大学時代は映画サークルに入って、もっぱら洋画ばかり観ていましたね。あの頃は海外の文化というだけで不思議なきらめきがありました。看護師さんのような若い方には分からないかもしれませんが」

看護師が曖昧に笑った。そして私の言葉には答えず、配膳用のカートから食事の乗ったトレーを取り出す。いつも朗らかな彼女にしては珍しい態度に、私は戸惑いを覚えた。

「何かおかしなことを言いましたか?」

「え?」

「困っていらっしゃるようなので」

「あ、いえ。別に困っているわけではないんですけど……」

トレーを両手で支えながら、看護師がポツリと呟きをこぼした。

「稲川さんがご自分のことを語られるの、珍しいなと思って」

カン。

ベッドテーブルの上に、看護師が食事を置いた。そしていつものように会釈をして、次の配膳に向かう。今日の主食は鯖のみそ煮。薄茶色の液体が蛍光灯の光を反射し、琥珀のように鈍く輝く。

彼女が好きだったな。

そんなことを、ぼんやりと思い出した。

◆

六月初旬。病室に現れた遥の表情を見て、私は事態を察した。

そろそろだろうとは思っていた。近頃は体力がめっきりと落ち、痛みに襲われる頻度も増えている。私は決して、病院をホテル代わりに使っているわけではない。

遥がベッド脇の椅子に座った。そして借りていた『チャーリーズ・エンジェル』のDVDを学生鞄から取り出す。

「これ、良かったです。分かりやすくて、楽しくて」

声が揺れていた。とてもこの映画に相応しいリアクションではない。私はDVDを受け取りながら、淡々と告げる。

「その日が来たら、言うんだろ」

遥の背中が大きく動いた。学生鞄を床に置き、握った両の拳を腿の上に乗せ、言葉をしぼり出す。

「……見えました」

「そうか」

死神からの死刑宣告。どうやら、私はとうとう死ぬようだ。しかしここに来てもまだその実感が湧かない。私の中で何かが変わった。その感覚が、まるでない。

遥は顔を伏せ、すっかり気を落としていた。辛い役割を背負わせてしまったようだ。

私はなるたけ優しく声をかける。

「落ち込まないでくれ。僕が頼んだことだ。今まで何度も、同じように人の死を見て来たんだろう？」

「……慣れているからといって、悲しくないわけじゃありません」

「悲しむ必要はない。僕は自分の死に、納得している」

私はベッドに深く身をあずけ、中空を見上げて目を細めた。

「死ぬ前に会いたい人はいない。やりたいこともない。元々、生きながら死んでいるようなものだったんだ。そんな人生の最後に、君は花を添えてくれた。もう何の後悔もなく心安らかにあの世に行けるよ」

「……本当ですか」

「ああ、本当に――」

「本当に、後悔はありませんか」

声色が変わった。

いつの間にか、遥が顔を上げていた。強い意志の込められた視線が私の眉間(みけん)を射抜く。

私に「もし死が見えたら告げる」と言い切った、あの時と同じ目。

「最後に、奥さんと向き合わなくていいんですか」

瞳(ひとみ)から言葉が叩(たた)き込まれる。いいわけがない。貴方(あなた)がそう思っているのは知っている。

だから僕は今、ここにいるんだ。

「稲川さん。明日、外出許可取れませんか？」

唐突な問いかけに、私は戸惑いながら答えた。

「難しいな。君に死期が見えただけあって、体調はよくない。それに聞いた話だと、僕みたいな独り身は外出許可が下りにくいそうだ。どこにフラッと消えてしまうか分からないからね」

「なら僕が付き添いになります。それでチャレンジしてみましょう」

有無を言わせぬ力強い口調。私は遥を真っ直ぐに見返して尋ねる。

「どこに行くつもりだ？」

遥の唇が、大きく開いた。

「お墓参りです」

4

翌日、外出許可を得た私は、遥と共に病院を後にした。

まずは新幹線に乗るため、病院の最寄り駅から東京駅に向かった。久しぶりに袖を通す私服は着心地が悪く、久しぶりに乗る電車も居心地が悪かった。東京駅にはスーツ姿のサラリーマンが溢れかえっており、ほんの数か月前までは自分もその一員であったという事実が、やけに嘘くさく思えた。

新幹線の切符は二枚とも私が買った。遥は自分の分を出そうとしたけれど、私が「どうせあの世に金は持っていけないんだから」と押しとどめた。遥は納得しきっていない顔をしながらも、「ありがとうございます」と私の提案を受け入れてくれた。

駅の売店で軽食を買い、新幹線に乗り込む。遥は飲み物にペットボトルのサイダーを選んでおり、炭酸飲料を好むタイプだと思っていなかったので、少し意外に感じた。二人掛け座席の窓側に座り、サイダーを飲む遥を横目で見やりながら声をかける。

「今さらだけど、学校を休んでこんなことをして、本当に大丈夫なのか？」

遥がサイダーから口を離した。白い喉を動かし、甘い炭酸水を胃に送ってから、涼しげに答える。

「大丈夫ですよ。僕が能力絡みで暴走するのはいつものことですから。両親の許可は取ってるって言いましたよね？」

「本当なんだろうな」

「本当ですよ。確認しますか？」

遥がジーンズのポケットから、折り畳み式の携帯電話を取り出した。私は「いい」と首を振る。いつものこと。病院の休憩所で老女に死を告げた時の姿を、ふと思い起こす。

「なあ、どうして見て見ぬふりができないんだ？」

遥の瞳が、風に撫でられた湖面のようにわずかに揺れる。

「黙っていれば分からない。なら、黙っているのが一番平和だろ。そうやって能力を隠して生きようと思ったことはないのか？」

「……ないわけでは、ありませんけど」

薄い唇から、澄んだ声が飛び出す。

「ただ、僕は、僕の生きる意味が知りたいんです。僕がこういう能力を持ったのはなぜなのか。そこにはどういう意味があるのか。それを知るためには、見て見ぬふりをしてはいけない。そんな気がするんです」

「だけど、それでいやな目にあうこともあるだろう。この前のように」

「ありますけど、でもほとんどの人は優しくて――」

「優しくて弱い人間が、一番人を傷つける」

遥の意志の強さは嫌いではない。だけど遥が傷ついているところは見たくない。相反する二つの想(おも)いがぶつかり、そこの狭間(はざま)に言葉が生まれる。

「確かに君の言うとおり、世の中には悲しいことを悲しいと思える優しい人間がたくさんいる。だけどそのほとんどが、悲しみを受け止めきれない弱い人間だ。そういう優しくて弱い人間は悲劇を目(ま)のあたりにした時、悲しみを怒りにかえて発散しようと犯人さがしを始める。こんな悲しいことがあっていいわけがない。許されるわけがない。悪いのは誰だ、誰だ――」

私は右の人さし指を立て、遥の眉間につきつけた。

「そういう優しくて弱い連中が、どうして気づいてしまったと君を責める。いずれ訪れる死を告げただけの君は、死を運んできた人殺しになる。そういう可能性を、君は考えたことがあるのか？」

どうして気づいてしまった。

どうして気づかなかった。

お前のせいだ。

お前が――

「――稲川さんは」

遥が、寂しそうに目を細めた。

「誰かにそう言われたんですか？」

アナウンスが、新幹線の発車を告げた。私は遥を指さしている右腕を下げる。そしてシートに深く身体（からだ）をあずけ、ぶっきらぼうに言い放った。

「……さあね」

新幹線が出発した。加速が身体を揺らす中、私は車窓からビル街を眺める。彼女の実家がある町までおよそ二時間。長い旅になりそうだった。

◆

目的の駅に着くまでの間、私と遥はひたすら映画の話をし続けた。

初めて観た子ども向けアニメ以外の映画が『椿三十郎』であると聞き、私は驚きに目を剝いた。それも映写機で観たと聞き、ひっくり返りそうになった。さらに、どうしてそういうことになったのかははぐらかされてしまい、無駄に悶々とする羽目になった。

やがて駅に到着し、私たちはタクシーに乗り込んだ。海沿いに道に出て、小高い丘を上り、古びた寺の門の前でタクシーを下りる。微かに届く潮の匂いに記憶を引っ張られそうになり、私は「行こうか」と無意味に声を出して思い出を散らした。

寺務所で線香を買い、苔むした石段を上る。軽快な足取りで進む遥が、隣から私に話しかけてきた。

「奥さんのお墓の場所、ちゃんと分かるんですか？」

「うろ覚えだよ。葬式の時以来、一度も来ていないから」

「四十九日は？」

「出なかった。だいたい、葬式の喪主も僕じゃない。だからここに墓がある」

遥の声ははっきりしていた。対して、私のそれは息が切れている。年はとりたくないな。そんなことを考える。

「僕は何もしなかった。彼女の父親が、いつの間にか全てを終わらせてくれていた。僕は転職して、住んでいた場所を引き払って、誰とも深く関わらずに会社とワンルームのアパートをただ往復するだけの生活を始めた。四十九日にも、一周忌にも、三回忌にも出なかった。そのうちに僕の父が亡くなって、すぐに母も亡くなって、次は僕の番だ」

汗がふき出る。足が重い。石段が、長い。

「バチがあたったのさ。人殺しがのうのうと生きてるんじゃない。お前の罪を思い知れってね。僕はきっと地獄に行くから死んでも彼女には会えない。でもそれでいい。覚悟している。彼女だって、きっと、僕になんて、会いたく、ない――」

足が止まった。

遥が「稲川さん？」と一つ上の石段から声をかける。私は言葉ではなく、荒い吐息を遥に返す。息が苦しい。まるで、誰かにシャツの胸ぐらを思い切り掴まれているように。怒りに燃える義父の目が脳裏に浮かぶ。それはやがて、隣のベッドの老女が最期に見せた血走った目とオーバーラップする。老女の獣のような唸り声が鼓膜の内側で絶え間なく反響し、その中に、地の底から響くような義父の低い声が紛れる。

お前が。

お前が、お前が、お前が、オ前が、オ前が、オ前が、オ前ガ、オ前ガ、オ前ガ、オマえガ、オマえガ、オマえガ、オマエガ、オマエガ、オマエガ、オ　マ　エ　ガ。

「新、山、くん」

言葉が続かない。意識の糸が、切れる。

「少し、やす、も……」

世界が、暗転した。

5

ドアの向こうに、私がいる。

私はそれを知っている。私がドアを開けないと横たわる彼女の命がつきてしまうことも、それでも私がドアを開けないで去ることも、全て知っている。だけど彼女は知らない。頭が割れてしまいそうな痛みの中、必死にもがく。

声が出ない。身体が動かない。お願い、助けて。『ダイ・ハード』のブルース・ウィリスみたいに颯爽と現れて、わたしを救って――

「行ってきます！」

行かないで！

行かないで。お願いだから、頼むから行かないで。そのドアノブを一捻りして押せばいいだけなの。わたしは貴方のために早起きして、ご飯やお弁当を作って、ずっと頑張って来たのに、どうして、どうしてそれぐらいのことをしてくれないの？

痛い。苦しい。死にたくない。貴方と幸せな家庭を築きたい。一緒にくだらない話をして、休みの日は映画を観に行って、いつかは子どもを産んで、その成長を慈しみながら暮らす。そういう日々を過ごしたい。貴方だって、貴方だってそうでしょう。

お願い。

わたしを、殺さないで。

◆

「稲川さん！」

鋭い声が、私の鼓膜を刺した。

まぶたを開く。聴覚に続き、視覚が戻って来る。木もれ日の眩しさに私は開いたまぶたを少し閉じ、狭まる視界が、心配そうに私を覗き込む遥の顔で埋まる。

続いて戻ってきたのは触覚。薄いシャツを通して背中にチクチクと草が当たり、地面に寝転がされているのだと分かった。薄い磯の香りを乗せた風が鼻腔を撫でて嗅覚が、口の中に広がる酸っぱい唾液を舐めて味覚が戻る。

私はゆっくりと上半身を起こし、額に右手をあてて軽く頭を振った。

「どれぐらい落ちていた？」

「たぶん、一分も経(た)ってません。大丈夫ですか？」

「大丈夫だ。少なくとも頭は、はっきりしている」

私は両手を腰の後ろにつき、上体を大きく反らした。胸に当たる風がやけに冷たく、着ているシャツがぐっしょりと汗で濡(ぬ)れていることに気づく。暑さのせいか。それとも――悪夢のせいか。

「帰ろうか」

風に揺れる木々を眺めながら、独り言のように呟く。

「きっと来てはいけなかったんだよ。彼女は僕を許していない。僕に会いたくないんだ。だったら、別にいいじゃないか」

自分自身への嘲(あざけ)りをこめて、私は皮肉っぽく笑った。

「どうせ、死ねば全部無くなるんだからさ」

葉擦れの音。鳥の鳴き声。穏やかな時の流れを感じながら、私は天を仰ぐ。きっとあの空から彼女は私を覗いている。ドア一枚開けることすら億劫(おっくう)がったくせに、今さら何をしに来たんだと怒っている。悪かった。もう帰るから、許して――

「稲川さん」

青空が、見えなくなった。

遥が私の前に立ち、視界を遮る。逆光の中、きめ細かな肌を輝かせる遥は神々(こうごう)しく、まるで天使のように見えた。持っている力は、死神のそれなのに。

「人は、死にます」

強い風が、ざあっと木々を撫でて通り去った。

「立っていても、座っていても、動いていても、止まっていても、死にます。男でも、女でも、若くても、年寄りでも、お金持ちでも、貧乏人でも、幸せでも、そうでなくても、死ぬ時は死にます。稲川さんの奥さんは死にました。稲川さんも死にます。僕だって、いずれは死にます。人は絶対に死ぬんです」

遥が頬を緩め、やけに大人びた顔で笑った。

「だったら、せめてやることとやって、前のめりに死にましょうよ」

死ぬわけじゃないんだから頑張れ。

そういう台詞(せりふ)を何度か耳にしたことがある。命を失うようなことには、最悪の事態にはならないんだからやってみろと、人を奮い立たせる言葉。生物にとって死は敵のはずだ。避けなければならない悪魔のはずだ。

だけど、このあどけない顔をした死神は言う。

どうせお前は死ぬんだ。

だから――頑張れ。

「……参った」

私は肩をすくめ、大げさにため息をついてみせた。

「意識を失って倒れた余命幾ばくもない人間に、いいから黙って前に進めなんて、君は鬼みたいなやつだな。『愛と青春の旅だち』のフォーリー軍曹よりひどい」

地面に手をついて立ち上がる。ジーンズの尻についた土を払い、墓地の方を見やる。

「行こうか」

遥が大きく、力強く首を縦に振った。

「はい」

◆

水を汲んだ木桶を遥が持ち、私たちは墓地に足を踏み入れた。

おぼろげな記憶を頼りに、彼女が眠る墓を探す。しかし、見つからない。彼女の生家と同じ苗字の墓石を見つけては、煙草やらビールやらが供えてあるのを見て気を落とすことの繰り返しだ。シャツの襟を引っ張って身体に風を送り込む私に、遥が声をかけてきた。

「戻って、管理の人に場所を聞きましょうか」

「……そうだな」

「じゃあ僕が行ってきます。稲川さんはどこか涼しいところで休んでいてください」

木桶を地面に置き、遥が小走りに駆け出した。私と同じように動いていたのに元気なものだと、小さくなる背中に羨望を覚える。しかしその姿が見えなくなる前に遥は足を止め、くるりと振り返って声を張り上げた。

「稲川さん！　お墓、見つけたかもしれません！」

報告に驚く間もなく、遥が続ける。

「奥さんと同じ苗字で、お供えものに映画のビデオがあります！」

ざわっと、全身が総毛立った。

心拍数が跳ね上がり、石段で倒れた時のように足元がふらついた。だけどふくらはぎに力を入れて、どうにか身体を支える。前のめりに死ぬ。その言葉を心の中で繰り返す。

私は木桶を持ち、一歩ずつ、ゆっくりと足を進めた。やがて墓の前に着き、遥が「これです」と指さす先を見やる。男女が花畑の中で笑いながら肩を組む、ＶＨＳビデオのパッケージ。英題『TWO FOR THE ROAD』、邦題――

『いつも2人で』

木桶を地面に置き、ビデオを手に取る。表面は砂埃でざらつき、あちこちが日焼けで色あせていた。パッケージを開けると、近頃は円盤メディアに急速に居場所を奪われつつある野暮ったい雰囲気の直方体が、どっしりとした存在感をもって姿を現す。

「奥さんの好きな映画ですか？」

遥の問いに、私は首を横に振った。

「僕の好きな映画だ」

畳敷きの居間。漆塗りのテーブル。四角い輪郭をした武骨な男のしかめっ面。

「僕が妻の実家に結婚の挨拶に出向いた時、父親に一番好きな映画を聞かれた。その時に答えたのがこの作品だ。だからきっとこれは、彼女の父親が供えた」

私が愛し、そして殺した女性の父親。彼がこれを墓前に供えた意味は――

「じゃあお義父さんは、稲川さんのことを許してくれたんですね」

娘を殺した私を許す。時と共に怒りは風化し、仕方のないことだったのだと認められるようになる。そしてその証として、私が好きだと言った映画を娘の墓前に供える。俺はもう過去を許したと、自分自身に示しをつけるために。

「――違う」

違う。絶対に違う。これは、そういう己との戦いを乗りこえた勲章として供えられたものではない。純粋に彼女のために供えられたものだ。だって、あの人は――

「あの人は、最初から僕を責めてなんかいない」

◆

「お前が――」

殺した。

続く言葉を想像し、私はほくそ笑んだ。しかし義父はグッと唇を噛み、私の胸ぐらから手を放す。浮いていた私の踵が床につき、コンと固い音を鳴らした。

「――そうじゃない」

私の口元から、下卑た笑みが消え失せた。

「これは運命だ。どうしようも無かった。誰も悪くない」

義父が握りしめていた拳を開いた。私の肩にその手を乗せ、震える声で切々と語る。

「君と出会ってから、娘は幸せそうだった。君のことを嬉しそうに話す娘を見て、俺じゃあこの顔はさせられないなと嫉妬を覚えたもんだ」

義父が私に背を向けた。長らく彼女を支えてきたであろう大きな背中。泣き崩れている義母の下に向かいながら、その背中で呟く。

「ありがとう」

義父が義母の肩を抱いた。義母が義父の胸に顔をうずめて泣きわめく。どうして、なんで、あの子が、まだこれからなのに、幸せだったのに、なんで、どうして――

私は、彼女の遺体を見やった。

ストレッチャーに横たわる彼女は、まるで眠っているようだった。「びっくりした？」。そう言って起き上がり、大きな口を開いて笑う姿を容易に思い浮かべることが出来た。だけど、そうはならない。彼女は動かない。喋らないし、笑わないし、映画も観ない。

私は拳を握りしめ、自分の爪を自分の手のひらに食い込ませた。

――駄目だ。

駄目だ。駄目だ。そんなことは許されない。こんな悲劇が運命であっていいはずがない。幸福な未来があった。手を伸ばせば届く場所に転がっていた。だけど私がそれを蹴とばした。私が、彼女を殺した。

私が悪い。誰が何と言おうと私が悪い。私は彼女を殺した業を背負い、永久に苦しまなくてはならないのだ。この――

人殺しめ。

◆

ビデオテープの表面を撫で、義父の心境を想う。

これは、私の好きな映画だ。彼女の好きな映画ではない。だけど私ではなく彼女に、娘に贈られた供えもの。その意味はきっと、こう。

悪いな。アイツはどうやらもうここには来ないつもりらしい。どんだけ呼びかけてもなしのつぶてだ。もしかしたらお前のことなんか綺麗さっぱり忘れて、どっかで誰かとよろしくやっているのかもしれない。まあ仕方ねえから――

これをアイツだと思って、我慢してくれ。

「……ごめん」

理由が欲しかった。そのために私は私を責めた。私は彼女を殺した。だから向き合えない。そういう風に彼女を遠ざけて、自分を守っていた。

優しくて強い義父は、私を責めなかった。いつだって人を傷つけるのは、優しくて弱い人間だ。

私のような。

「遅れて、ごめん」

眦からこぼれ落ちた水滴が、ビデオの上に落ちる。その重さに引きずられるように、私の身体も崩れ落ちた。ぼやける世界の中、彼女がいつも白い歯を並べてニカッと笑いながら言っていた言葉が、幻となって耳に届く。

「遅い」

やはり、私は遅い。

いつだって。

何もかも。

6

墓石を洗い、線香を供えた後、私と遥は墓地のさらに上にある高台を目指した。墓地と海を一緒に見渡せる高台に、先客は誰もいなかった。潮風で錆びついた転落防止の手すりを摑み、二人並んで海を見やる。空と海を分かつ水平線を眺めながら、私は静かに呟いた。

「君の能力、どうして海が見えるんだろうな」

「命は海から来て海に還るからだと、僕に能力のことを教えてくれた人は言っていました」

「事故死は見えないと教えてくれた人か」

「はい。その人も僕と同じ能力を持っていました。もう今は、いませんけど」

物憂げな横顔。儚げな声を海風に乗せ、遥が語り出した。

「僕の能力は、家族の死で目覚めました」

私は大きく目を見開いた。反対に遥は、まぶたを少し下ろす。

「十歳の時、両親と妹と乗っていた車が事故にあって、僕だけが生き残りました。今の両親は、一人になった僕を引き取ってくれた親戚です。最初、僕はこの能力を『神様が家族の死を悲しまないように与えてくれたもの』だと解釈しました。人間なんていつかはあっけなく死んでしまう。生きることに意味なんてない。死は、悲しくなんてないんだよ。そう言ってくれているのだと。でも――」

遥が振り向いた。いつも通りの強い視線が、私を貫く。

「今は違うと思っています。だからその答えを見つけるまで、見て見ぬふりはしません」

与えられた運命と正面から向き合う。今日の今日、死の間際まで逃げ続けて来たどこかの誰かとは大違いだ。つい、自虐的な笑みがこぼれる。

「たとえ死神扱いされても、か」

死神。その言葉に、遥が食いついた。

「稲川さん。死神には『神に仕える農夫』という異名があるんです」

「え？」

「死神は稲や麦を刈り取るように死を迎える魂を刈り取って、行き先を見失わないようにあの世に連れて行く役割を負っているんです。つまり水先案内人であって殺人鬼ではない。迎えに来るだけで、殺しに来るわけじゃないんです」

　遠い水平線に目をやり、遥が自分に言い聞かせるように呟いた。

「死神に看取(みと)られて逝(い)ける魂は、幸福なんです」

　行き先を見失わないよう、道に迷わないよう、魂を迎えに来てくれる死神。私は喉に力を込め、吹きすさぶ風を言葉で貫いた。

「そうだな。死神に看取られて死ねる人間は幸せだ」

　優しくて強い死神の唇が、わずかに綻(ほころ)んだのが分かった。

「本当にそう思うよ」

◆

　墓参り以降、私の体調は急速に悪化した。

　身体を引き裂くような激痛に襲われ、痛みを抑えるために鎮痛剤を打つ。毎日がそのくり返し。すぐに起き上がる力もなくなり、たくさんのチューブが身体中から伸びる無残な姿になった。墓参りの後に連絡を取った義父は私を見て「どうしてもっと早く連絡しなかった」と泣き、私は笑いながら「すいません」と義父に謝った。

そんな風になっても遥は、ずっと見舞いを続けてくれた。どれだけ痛みや薬で朦朧としていても、遥と映画の話をしている間だけは、私は己をしっかりと保つことが出来た。

墓参りの日から、八日目。

私は遥に「家にビデオデッキはあるかい？」と尋ねた。そして「あります」と答えた遥にVHSのビデオを渡した。パッケージを見て、遥が驚いたように目を見開く。

「妻のお父さんに持ってきてもらったんだ。君に観て欲しくて」

身体を起こす。鈍い痛みが全身を駆け抜ける。

「今夜、もし僕が死ななければ――」

痛みを抑え込み、私は穏やかに笑ってみせた。

「明日、感想を教えてくれ。きっと気に入ると思う」

少し声が震えてしまった。遥は微笑み、短い返事を私に告げる。

「はい」

ありがとう。私はそう呟いた。何に対する感謝なのかは、自分でも分からなかった。

◆

夢を見た。

夢の中で私は、新宿駅の東口広場にいた。広場に私以外の人間はおらず、無声映画の中に飛び込んだように閑散としていた。異様な光景。だけど私は戸惑わなかった。自分が何のためにここにいるのか、理屈ではないところで理解していた。

スタジオアルタの入っているビルに向かう。予想通り、ビルの電光掲示板をつまらなそうに見上げる彼女がそこにいた。背後からこっそりと彼女に忍び寄り、その小さな後頭部をこつんと叩く。

「悪い。遅れた」

私は期待する。振り返った彼女はきっと上目使いに私を見やるだろう。そして大きな口から真っ白な歯をのぞかせて——

「……もう来ちゃったの？」

彼女は笑っていなかった。来てくれたのは嬉しいけれど、悲しくもある。そんな顔。

——まあ、いい。今は全てを忘れて、封切りされたばかりの映画を観に行こう。お互いの存在を確かめるように暗闇で手を繋ぎ、密かな口づけを交わそう。それ以上に大切なことなど、きっと世界のどこにだって、全く存在しないのだから。

第二幕　十七歳、『バンド・ワゴン』

「人生の中で起こることは
全て(すべ)ショウの中でも起こる」

――一九五三年公開、『バンド・ワゴン』より

1

嘘だと思った。だから、言った。

「嘘でしょ？」

サトちゃんのぷっくりした唇が、おわんの形にゆがんだ。自信たっぷり、余裕しゃくしゃくな態度に、胸がざわつく。停まっていたバスが動き出し、つり革につかまっているわたしたちの身体と、サトちゃんの長い髪がゆれた。

「そんなのどうでもいいじゃん。いつも言ってるでしょ。大事なのは――」

「面白いかどうか。分かってるよ」

だけど、分かっていても納得できないことはある。黙るわたしに向かって、サトちゃんがやれやれと首をふった。

「琴音は会いたくないの？」バスがゆれる。「自分には人の『死』が見えるなんて言ってるやつ、本当でも嘘でも、私は絶対に面白いと思うんだけど」

それは――思う。わたしが納得できないのはそこではない。その男の子がサトちゃんの彼氏の友達で、会うためにはサトちゃんの彼氏に紹介してもらう必要があって、つまりサトちゃんと彼氏が一緒にいるのを見なくてはならない。それが嫌なのだ。

「そんなことやってる場合じゃないでしょ。もう七月。地区大会まであと二か月だよ？」

「変わった刺激を受けるのは演劇にも大事なの」

「ここに来て脚本変えられても困るんだけど」

「琴音の話。今日も演技に身が入ってなかったよ。上の空って感じ」

バスが駅のロータリーに着いた。終点。スクールバッグを担ぎ直して、サトちゃんがボソリと呟く。

「まあ、琴音も色々あるから、気持ちは分かるんだけどさ」

——分かってないよ。

苦い薬を飲み込むみたいに、言葉を胸に留める。わたしには確かに「色々」なことがある。だけど、わたしが演劇に集中できない一番の理由はサトちゃんだ。サトちゃんはそれを分かっていない。

バスを下りて駅へ。わたしとサトちゃんの家は同じ方向だけど、今日は改札を抜けて別々のホームへ向かう。別れ際、ひこうき雲みたいにまっすぐな眉を下げて「じゃあね」と言う表情から、サトちゃんの考えている「色々」が伝わった。

ホームのベンチに腰かける。隣を見ると、わたしと同じ制服を着た女の子が、知らない学校の制服を着た男の子と仲良さげに話していた。ほんと、どいつもこいつも。わたしはスクールバッグから常備しているレモン味の飴を取り出して、口の中に放りこむ。

女の子は、恋をして一人前。

誰かからそう言われたわけではない。だからこれは、高二にもなって好きな男子の一人も出来たことがないわたしの被害妄想だ。だけどクラスメイトや演劇部の友達が次々と恋愛という名のモンスターに倒され、ついにはサトちゃんまでその毒牙にかかってしまった今、被害妄想だと言われてもそれを止めることは出来ない。

演劇部の誰よりも美人で、なのに監督に専念したいからと演者はやらず、部長としてストイックに自分の面白さを追求するサトちゃんをわたしは尊敬していた。面白いと思ったことは何にでも首を突っ込むサトちゃんに付き合ってきた。だからサトちゃんが人の死が見える能力を持っているという変な男の子に会いたがるのも、それにわたしが誘われるのも分かる。分からないのは恋愛の面白さだ。サトちゃんが「面白そうだから」と合コンに首を突っ込むところまでは理解出来ても、そこで彼氏を作って来たのは全く理解出来なかった。

サトちゃんから彼氏の話を聞いた時、わたしはこう言った。

「面白そうだから付き合ってみようなんて考えてるなら、その人に失礼だよ」

わたしの言葉に、サトちゃんはこう返した。

「面白いから、付き合うことにしたの」

ガリッ！

薄くなった飴を噛み砕く。いちゃいちゃしている隣のカップルを尻目に、到着した電車に颯爽と乗り込む。いいんだ。わたしには「色々」ある。恋なんてものにうつつを抜かしている場合じゃないのは、確かなのだから。

◆

病院に着く頃には、外は少し薄暗くなっていた。

その真っ白な四角い建物は、何度訪れても同じようにわたしの神経を逆撫でする。ここは敵ではなく味方。頭では分かっているのに、心がそれを分かってくれない。

受付で面会バッジを貰って、シャツの胸ポケットにつける。エレベーターで三階まで上がり、廊下を歩いて奥の個室へ。部屋番号の下に書かれている名前を見て気が沈み、ここは味方だと自分に言い聞かせながらドアをノックする。

「はーい」

明るい声色に、ほんの少し救われた。ドアを開いて個室に入る。ベッドの上で横になっているお母さんの傍にお父さんがいて、わたしは思わず目を丸くした。

「来てたんだ」

「ああ」

「無理して来なくてもいいのにねえ」

お母さんが苦笑いを浮かべ、お父さんが「無理はしていない」とぶっきらぼうに答えた。それだけでわたしは泣きそうになる。どうして世界はこんなにもままならないのだろう。誰も、何も、悪くないのに。

お母さんは、もう長くない。

お母さんの病気について、わたしは乳がんであるということしか知らない。知らないけれど、長くないのは分かる。髪が全て抜け落ちて頬がガイコツのように痩せこけたお母さんと、そんなお母さんを見るお父さんの寂しそうな目がそれを物語っている。たぶん、わたしの高校の卒業式にお母さんの姿はない。それどころか――

「今日は部活だったの？」

お母さんがにっこりと笑った。乾いた皮が引きつれて顔のあちこちに皺が浮かぶ。わたしはほんの少し、目を逸らした。

「うん」

「大会、勝てそう？」

「そんなの分からないよ」

「お母さんは勝てると思うけどな。タイトルも面白そうで、本当に観たくなったもの。なんだっけ？」

「面白そうって言うなら忘れないでよ。『田中くんを宇宙に帰す会』だよ」

サトちゃんが書いた、何でも出来るクラスメイトの田中くんが「僕は宇宙人だ」と告白するところから始まるドタバタ劇。最初はいつも通り田中くんと接していたのに、そのうち田中くんの何でも出来るところが「宇宙人だから」ということになり、やがて宇宙人なんだから宇宙に帰るべきだろうと「田中くんを宇宙に帰す会」が結成される。わたしは田中くんのことが好きで、田中くんを宇宙に帰さないよう立ち回る女の子の役だ。

そしてこの「好き」が、わたしにはどうにもこうにも分からない。

「そうそれ。早く観たいわ」

わたしだって、早く観せたい。二年生の秋で部活動は引退。だからこれが最後の劇だ。でも二〇〇七年度全国高等学校演劇大会の日程は、わたしが決めているわけじゃない。地区大会はどうしたって、二か月後から変わらない。

「……楽しみにしてて」

少し、言い方が雑になった。ベッド脇のソファに座ってスクールバッグを漁り、レモンの飴を取り出して舐める。飴を舐めているから言葉が出てこないのだと、自分に言い訳をするように。

それから少し話をして、わたしとお父さんは病院を出た。夕暮れの街を二人並んで歩いているうちに、駅前の大通りを渡る横断歩道で赤信号に引っかかって足を止める。電車の走る音。人の話し声。たくさんの雑音が溶けて混ざり合う中に、お父さんの低い声が響く。

「母さん、検査の結果、よくないみたいだ」

雑音が、ほんの一瞬だけ、嘘みたいに消え去った。

「夏休みは、良樹にも帰って来てもらわないとな」

一人暮らしをしている大学生のお兄ちゃんの名前を聞いて、わたしはその時を意識した。制服のスカートをきゅうと摑んで、真っ赤に輝く信号を見つめる。本当、世界はままならない。無力なわたしは、気まずさから逃げるために信号の色を変える力すら、この手に持ち合わせていない。

2

夏休み直前の放課後、わたしとサトちゃんは通学バスを降りた後、駅から少し離れた場所にあるファミレスに向かった。

目的は人の死が見える男の子——もとい、人の死が見えると自称している男の子との待ち合わせだ。結局、断りきれなかった。それに全く興味がないわけでもない。わたしだってサトちゃんと同じぐらい、面白いものは好きなのだ。

ファミレスに着いたのは、相手よりわたしたちの方が先だった。一番安いパンとドリンクバーを頼んで時間を潰す。メロンソーダにコーヒーミルクを入れた手作りクリームソーダを飲みながら、これから始まる夏休みの話や、終わったばかりの期末テストの話をする。愉快で、楽しくて、今日の目的を忘れそうになる。

「千里」

いきなり名前を呼ばれ、サトちゃんが振り向いた。シャツの裾をズボンからだらしなくはみ出させて、髪の毛をツンツンに逆立てた男の子が笑っている。わたしは初対面。だけど写真を見たことがあるから知っている。サトちゃんの彼氏くんだ。

「遅い」

と、いうことは——

「俺らの方が遠いんだから、しょうがねえだろ」

彼氏くんがサトちゃんの隣に座った。四人がけの席だから、空いているのはわたしの隣だけになる。普通、女子と男子で分かれようとするでしょ。デリカシーのないやつ。向かいの席を軽くにらむわたしの隣に、彼氏くんと一緒に現れた男の子が腰を下ろす。

綺麗な人、というのが第一印象だった。

わたしより白い肌に、わたしより長いまつ毛。目鼻の稜線はシュッと通っており、小さな唇は端っこがほんの少し吊りあがっていて、何もしなくてもうっすら笑っているように見える。何だか、映画の中から抜け出して来たみたいに現実感のない男の子だ。隣に座っている今も、まるで気配を感じない。

「初めまして。浩之の彼女の難波千里です。それでそっちが三品琴音。私の友達」

わたしは「どうも」と頭を下げた。続いて彼氏くんが、わたしに尋ねる。

「俺のことは知ってる？」

知ってる。でもまずは自己紹介しなよ。サトちゃんはそうしたでしょ。

「サトちゃんの彼氏さん、ですよね」

「そ。堀川浩之。よろしく。それでそっちが、例のアレ」

彼氏がわたしの隣の男の子を指さした。男の子が少し前に出て、整った横顔がよく見えるようになる。ガサツな彼氏くんよりよほど、サトちゃんの隣に似合いそうだ。

「新山遥です。初めまして」

声も綺麗だ。新山くんと向きあい、サトちゃんが声を弾ませる。

「じゃあ、さっそく話を聞いていい？」

「いいですよ」

「人の死が見えるっていうのは本当なの？」

「はい」

全くためらいがない。聞いているこっちが、戸惑ってしまう。

「それは、どういう風に見えるの？」

「死が近づいている人の胸に、海のようなものが浮かんで見えます。波打つ、水の塊のようなものが」

「ちょっと描いてくれる？」

サトちゃんがテーブルの上から紙ナプキンを取り、シャツの胸ポケットにささっていたペンと一緒に新山くんに渡した。そのうちに店員さんが注文を取りに来て、彼氏くんがスケッチをする新山くんに尋ねる。

「遥、何にする？」

「フォッカチオ」

「ドリンクバーは？」

「つけといて」

「うぃ。じゃあ、フォッカチオとドリンクバー二つ」

わたしたちと同じ、一番安く長く滞在できるセット。こんな浮世離れした人なのにそんな俗っぽいもの頼むんだ。意外。というか、似合わない。

「描けました」

新山くんが差し出した紙ナプキンを、わたしとサトちゃんで覗き込む。びろんと手足が伸びた人間の胸の上に、丸と波線が一緒になった記号が描かれている。なるほど。なんとなく分かる。なんとなくだけど。

「こういうのって、ペラペラ喋っちゃっていいものなの？」

「自慢する気はないですが、隠す気もないので」

「ほんと、堂々としてるよな。オレは話聞いた時、頭イカれてんじゃねえのコイツって思ったのに」

「でも、信じてくれただろ」

「結果が出るまでは半信半疑だったよ」

「半分信じてくれたなら十分だよ」

「そりゃどーも。飲み物持ってくるわ。何がいい？」

「サイダー。なかったらウーロン茶」

「りょーかい」

「待って、私も行く」

サトちゃんが立ち上がり、彼氏くんと一緒にドリンクバーのコーナーに向かった。後にはわたしと新山くんが残る。――気まずい。彼氏くんには最初から期待していないけれど、サトちゃんには気をつかって欲しい。わたしは沈黙がグリンピースの次に苦手なのだ。

「あの」おずおずと口を開く。「さっきの、どういう意味ですか？」

「さっきの？」

「結果出るまで、っていうの」

「ああ。浩之の家に遊びに行った時、浩之のおばあちゃんの『死』が見えて、それを浩之に教えたんです。その話」

「それ、サトちゃんは知ってるんですか？」

「浩之から聞いているはずですよ。そこから今日の話が出ているので」

なるほど。だからサトちゃんはあんなノリノリだったのか。それならそうと言ってくれればいいのに。どこまでついて来るか試されているみたいで、ちょっとムカつく。

「どうしておばあちゃんの『死』を友達に伝えたんですか？」

「最初はおばあちゃんに直接伝えました。何があっても一番初めは当人に話すと決めているので。そうしたら、伝えてくれって言われて」

「いや、順番の話じゃなくて、黙ってれば良かったじゃないですか。どうせ分からないんだから」

新山くんがきょとんと目を丸くした。それからふっと、懐かしそうに笑う。

「よく言われます」

心臓が、すこし跳ねた。

サトちゃんと彼氏が戻って来た。彼氏の持って来たサイダーが、黄色いラインの入ったストローを通って新山くんの細い喉（のど）に吸い込まれる。わたしはなぜだか、その小さく上下する喉から、しばらく目が離せなかった。

◆

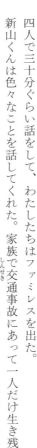

四人で三十分ぐらい話をして、わたしたちはファミレスを出た。
新山くんは色々なことを話してくれた。家族で交通事故にあって一人だけ生き残り、能力が目覚めたこと。子どもに恵まれなかった親戚（しんせき）の家庭に引き取られ、今もその家で暮らしていること。能力に目覚めてからは、人の「死」を見たらその人と話し、場合によっては告げるようにしていること。そういうことをするようになった理由は、能力に目覚めたばかりの頃に会った、同じ能力者の人の影響らしい。その人については「大切な思い出だから」と教えてくれなかった。
ファミレスを出た後、サトちゃんと彼氏はそのままデートに出かけた。わたしたちも誘われたけれど、わたしも新山くんも断った。大通りを駅に向かって歩きながら、ファミレスでだいぶ打ち解けて敬語の取れた新山くんと言葉を交わす。

「そういえば、今日のことって他の誰かに言っていいの？」

「いいよ。言ってもなかなか信じて貰えないと思うけど」

「それもそうだね。サトちゃん、よく信じたよね」

「それだけ浩之のことを信頼してるんだよ」

赤信号の交差点に差しかかり、わたしたちは足を止めた。横断歩道の向こうでは開店前のお店に並ぶように、たくさんの人たちが信号の変わる時を待っている。真夏の熱気が満ちる中、切れ長の目を細めている新山くんは、どこか物憂げだ。

「もしかして……見えてる？」

「なにが？」

「死」

「見えてないけど、どうして？」

「なんか寂しそうだから」

「……そうかな」

新山くんが首の後ろを掻いた。白い首筋に、視線が惹かれる。

「道端で見かけることなんてほとんどないよ。僕に死が見えるような人は、だいたいもう病院に行ってるから」

病院。白くて四角い、敵としか思えない味方の姿が脳裏に浮かんだ。やっぱりあそこにもたくさんの「死」があふれているのだろうか。もしかしたら——

パッと、頭の中で何かが閃(ひらめ)いた。

数学の図形問題でうんうんと悩んでいる中、キーになる補助線をさっと引けた時と同じ感覚。そうだ。あっちはあっち、こっちはこっちみたいな感じで結びついてなかったけれど、もし新山くんの能力が本当なら——

信号が青に変わる。動き出した人の流れに乗って、わたしたちも歩き出す。ぐるぐると考えを巡らせているうちに、あっという間に駅に着いて改札を抜けてしまった。わたしと逆方向の電車に乗る新山くんから別れが告げられる。

「じゃあ、僕、こっちだから」

迷っている時間はない。わたしは離れていく新山くんに駆け寄った。

「待って！」

新山くんが振り返った。不思議そうにわたしを見つめる目が嘘みたいに綺麗で、つい口ごもる。

「どうしたの？」

もう、やぶれかぶれだ。わたしはすうと息を吸った。

「頼みたいことがあるんだけど」

「頼みたいこと？」

「お母さんが入院してるから、今度、病院にお見舞いに来て、新山くんに『死』が見えるかどうか見て欲しいの」

ホームから電車の到着アナウンスが聞こえた。新山くんがわたしをじっと見る。こんなに唐突なお願いをしているのに、驚いている雰囲気がない。

「僕は、見えるだけだよ」

尖った声が、わたしの眉間を貫いた。

「見えた『死』をどうすることも出来ない。だから伝えるのは、その覚悟が出来ている人だけにしてる。それはさっき言ったよね？」

「……うん」

「君のお母さんを見て、もし『死』が見えたら、君は伝えて欲しいんだよね？」

「……そう」

「覚悟はできてるの？」

お母さんが死ぬ。わたしの前からいなくなる。その覚悟は——

「——できてる」

新山くんを真っ直ぐに見返す。到着した電車から降りてきた人たちが、向かいあうわたしたちの横を通り過ぎていった。その群れが去った後、新山くんが眼からふっと力を抜き、穏やかな声で答える。

「分かった。会うよ。いつがいい？」

第一関門クリア。だけど最大のハードルは——そこではない。

「いつっていうか、定期的に会って欲しいんだ」

「定期的に？」

「そう。だって新山くん、一、二週間ぐらい先までしか見えないんでしょ。今わたしが一番気になるのは、九月にある演劇の大会をお母さんが観に来られるかどうかなの。だから定期的に見て貰うしかないかなって」

「……まあ、それはいいけど」

第二関門クリア。次が、最大の山場。

「でも、そんな何回もお見舞いに行く口実を作るのは難しいと思う。一回なら勢いでどうにかなっても、複数回行くならきちんとした理由がいるよ」

分かってる。それも歩いている最中に考えた。そしてどうしても、一つしか答えが思い浮かばなかった。

お母さんのお見舞いに何度も来てもおかしくない人。一番は家族だ。でもお母さんに新山くんを家族だなんて紹介できるはずがない。頭がおかしくなったと思われてしまう。だったら二番目。

将来、家族になるかもしれない人。

「新山くん」

笑いあうサトちゃんと彼氏の姿が、ふと頭をよぎった。

「彼女、いる?」

3

夏休みに入ってすぐ、最初の「確認」をすることにした。

病院の最寄(もよ)り駅で新山くんを待つ。やがて現れた新山くんはデニムに半袖(はんそで)のシャツという、とてもシンプルな格好をしていた。薄着をしていると線の細さがより際立つ。肩幅なんてもしかして、わたしよりないかもしれない。

「病院は近いの?」

「ちょっと歩く。とにかく、行こ」

駅を離れ、病院に向かう。やがていつも通り、白くて四角い建物がずどんと進行方向に現れて、不意に緊張が走った。だけど新山くんに覚悟が足りないと思われるのが嫌で、強気に大股(おおまた)で歩く。

病院に入ってから、まずは受付へ。わたしの隣に立っている新山くんを見て、いつも面会バッジをくれる受付のおばさんの目尻に笑い皺が浮かんだ。隙を見せたら余計なことを聞かれそうなので、バッジを二つ貰って受付からさっさと離れる。

お母さんの病室に着く。ドアの前に立つわたしに、新山くんが話しかけて来た。

「本当にいいの？」

「いい。言ったでしょ。覚悟はできてるって」

「そうじゃなくて、設定の方」

「それもいい。だって……それしかないもん」

ノックして、ドアを開ける。

病室のお母さんは、口を開けてぽかんとしていた。来る前にちゃんと携帯で連絡を入れておいた。だから訪問そのものに驚いているわけではない。驚いているのは間違いなく、電話では話さなかった男の子がわたしの隣にいるから。

「ごめんね、いきなり。近くまで来たから、ついでに寄ろうと思って」

「うん。それはいいけど……」

「この人でしょ。紹介するよ。そのために来たんだし。わたしの彼氏」

さあ、劇の始まりだ。新山くんがお母さんのベッドに近づいて、自己紹介を始めた。

「初めまして。琴音さんとお付き合いをさせて頂いている、新山遥と言います。琴音さんと同じ高校二年生です。今後とも、よろしくお願いします」

両腕を脇にぴったりとつけて、新山くんが深々とお辞儀をした。流暢な言葉と動作。なかなかの演技派だ。スカウトしたいかもしれない。

「はあ……それは、どうも」

呆けた顔で頷き、お母さんがわたしに声をかけてきた。

「じゃあ、今日はデートだったの？」

「そう」

「どこ行ったの？」

「色々」

「ふうん」

意味深に呟く。声が高い。上機嫌だ。

「どうやって知り合ったの？」

「友達の彼氏の友達」

「お父さんと良樹に言っていい？」

「まだダメ」

「なにそれ。いいじゃない、別に」

お母さんがわざとらしくふくれてみせた。それから、新山くんの方を向く。

「新山さん……でしたよね？」

「はい」

「琴音のこと、よろしくお願いします」

　ついさっきの新山くんに負けないぐらい、お母さんが深々と頭を下げた。

「この子、子どもっぽいところがあって、新山さんにはご迷惑をおかけすると思うんです。でも根はいい子なので、腹の立つことがあっても長い目で見てもらえれば……」

「お母さん！」

「怒らないで。褒めてるのよ？」

「そういう問題じゃなくて……」

　ふっ。

　真横から、小さな吐息が聞こえた。音につられて振り向くと、おかしそうに笑う新山くんが目に入る。

「大丈夫ですよ。彼女にはいつも元気づけられていますから」

「ならよかった。見捨てないであげてね」

「僕の方が見捨てられるかも」

「そうなの？　琴音」

「……そんなことないけど」

「そうよねえ。新山くんみたいなカッコいい子、振るわけないわよねえ」

「どんな人間だって、振られる時は振られますよ」

お母さんと新山くんが楽しそうに言葉を交わす。わたしはこの舞台の幕を上げた座長として話をリードしなくてはならないのに、どうにも動く気になれない。白いシーツの上に組まれたお母さんの手に視線を合わせながら、新山くんの横顔をちらりと覗き見て、初めて会ったファミレスでも感じた想いを反芻する。

この人――

笑うと、かわいい。

「体育系？　文化系？」

「文化系ですね。運動はあまり得意ではないです」

「そうだと思った。色白だもの。生まれつき？」

「そうですね」

「羨ましい。肌も綺麗で、女の子みたい」

二人の話は止まらない。つまはじきにされたわたしは手持ちぶさたに、ハンドバッグに忍ばせていたレモンの飴を一つ取り出して舐めた。甘酸っぱい刺激が舌で躍り、歯の裏まで広がっていく。

「琴音」お母さんが、わたしの方を向いた。「素敵な人、見つけたね。逃しちゃダメよ」

元からわたしのものじゃないよ。思い浮かんだ台詞に赤線を引いて、別の言葉を台本に書き足す。

「お母さんには関係ないでしょ」

「関係ある。琴音には幸せになって欲しいもの」

お風呂（ふろ）にでも入っているみたいに、お母さんがうっとりと目を細めた。

「人を好きになるって素敵なことよ。だから琴音がそういう気持ちを分かってくれて、本当に嬉（うれ）しいの」

分かってないよ。

さっきと同じように、台詞に赤線を引く。だけど今度は代わりの言葉が出てこない。飲み込んでしまった飴を舐めるふりをするわたしの隣から、新山くんが「僕もそう思います」とかしこまった様子で口を開いた。

◆

病室を出て、扉を閉める。

新山くんがじっとわたしを見つめる。待たれている。わたしはおそるおそる、探るように尋ねた。

「……どうだった？」

「見えなかった」

自分でもびっくりするぐらい、大きな安堵(あんど)の息が出た。新山くんが困ったように呟く。

「そういう反応なら、続けるの、あまり勧めないけど」

「そう言われてもやっぱり安心するでしょ。どうしたって」

「でも、いつかは見えるんだよ」

「……分かってるってば」

お説教から逃げる子どもみたいに、投げやり気味に言い放つ。新山くんがポリポリと頬を掻いた。

「三品さんって、面白いよね」

「面白い？」

「僕の能力のこと、全く疑ってないから」

「嘘なの？」

「嘘じゃないけど」

病院の廊下を歩きながら話す。エレベーターの近くで点滴のカートを杖(つえ)がわりにして歩くおじいちゃんとすれ違い、わたしは反射的に新山くんの方を向いた。無表情。どうやらあのおじいちゃんも、最低あと二週間ぐらいは生きられるらしい。

一階に下りて面会バッジを返し、わたしたちは病院の外に出た。ギラギラと攻撃的な日差しが全身を貫き、アスファルトから立ち上る熱気で景色がぼやけている。そんな中でも新山くんは無表情で涼しげだ。汗をかいてはいるけれど、氷でいっぱいのグラスの表面に水滴が結露するような、そういうものに見える。

「次はどうする？」

「一週間後ぐらいかな。決まったら連絡するよ」

「分かった。じゃあ、待ってる」

「……それでいいの？」

「どういうこと？」

「わたしのために、何の見返りもないけど、わたしの都合に合わせて出て来てって、ふざけたお願いじゃない？」

「それが嫌なら最初から協力しないよ」

あっさりと言い放つ。いい人——と言ってしまっていいのだろうか。言葉に出来ない大事なものが、ぽっかりと抜け落ちてしまっているように感じる。人間味が無いのだ。会った時からずっとそうだった。

この人はいったい、どういう人なんだろう。

どういう時に喜び、怒り、哀しみ、楽しむ人なんだろう。

「ねえ」歩きながら、声をかける。「新山くんの好きなものって、なに？」

新山くんの歩調が、ほんの少しだけ鈍った。逆にわたしの口調は、言い訳をするみたいに速くなる。

「ほら、わたしたち、これから偽装カップルやるでしょ。だったらお互いのことを知っておいた方がいいと思うの。お母さん、何聞いて来るか分かんないし」

トラックがわたしたちの真横を通り過ぎた。排気ガスの臭いが鼻の奥に届く。右の手の甲で額の汗を拭いながら、新山くんが小さく呟いた。

「映画」

えいが。たった三文字の言葉が、やけに胸に響いた。

「そうなんだ。どうして？」

「どうしてって言われても……一番大きいのは中学生の時、映画好きの人からDVDをたくさん貰ったからかな。それ観てるうちにハマった」

「どんな映画が好きなの？」

「何でも観るよ。三品さんは観ないの？」

「観るよ。演劇部だもん」

「映画と演劇って、似てるようで結構違うと思うけど」

「どういうところが？」

「観せ方とか、演じ方とか。ミュージカル映画と実際のミュージカルを比較すると、実際のミュージカルの方がエモーショナルな雰囲気がある」

「ミュージカル映画なんか観るんだ」

「そこまで好きなジャンルじゃないから、有名な作品しか観てないけどね」

「例えば？」

「『巴里のアメリカ人』とか、『雨に唄えば』とか、『バンド・ワゴン』とか、『イースター・パレード』とか」

一つも知らなかった。演劇部なのに。なんだか悔しい。

「その中ならどれが一番好き？」

「『バンド・ワゴン』かな。すごく好きなフレーズがあるんだ」

「どんなの？」

「『人生の中で起こることはすべてショウの中でも起こる』」

顔を上げ、明瞭な声で、新山くんが名言らしきものを空に放った。それからわたしの方を向いて照れくさそうに笑う。ああ、この顔は分かる。「今の演技どうだった？」。そういう表情だ。

「映画、本当に好きなんだね」

新山くんが「うん」と強く頷いた。声と仕草がやけに幼い。ようやく、新山遥という高校生の男の子に出会えた気分になる。

――これから映画でも観に行く？

頭の台本に浮かんだ台詞を、慌てて赤線で消す。だけど消した横にすぐ同じ台詞が書き足されて、それも消す。書いて、消して、書いて、消して。修正を繰り返しているうちに脳みそはボロボロになり、駅の改札を通り過ぎてしまう。

「じゃあ、また」

「うん。じゃあね」

別れを告げ、わたしたちは別々のホームに下りた。ベンチに座って本を読んでいる新山くんを線路越しに見つけ、だけどすぐ向かいのホームに電車が来て見えなくなる。電車が去った後、当たり前だけどそこに新山くんはいなくて、セットだけが置かれた舞台を見ているような気分になった。

こっちのホームに到着した電車に乗り込む。席に座り、何の興味もない週刊誌の中吊り広告を見上げながら、ぼんやりと物思いに耽る。

帰り道、わたしはレンタルショップで『バンド・ワゴン』のDVDを借りた。

4

「本当は帰りたくないんでしょ？」

大げさな身振り手振りを交えながら、背中を向けている相手に迫る。

「地球に残りたいんでしょ。みんなと一緒にいたいんでしょ。だったらそう言おうよ。言わなきゃ伝わらないよ」

「そうはいかないよ。僕は宇宙人で――」

「そんなことどうだっていい！」

大声で叫ぶ。地球すら揺るがしてみせる。そういう気持ちで音を放つ。

「田中くんの正体なんて、どうだっていい。みんな、おかしいよ。田中くんは田中くんなのに、宇宙人だから宇宙に帰らなきゃならないって決めつけて。わたしは――」

心臓の上に乗せた手を開く。背骨を震わせて、喉の奥から声を絞り出す。

「田中くんに、宇宙に帰って欲しくない」

えんじ色のジャージを纏った背中を見つめる。「……僕は、帰りたいから」。弱々しい返事の後、背中が遠ざかる。わたしは「田中くん！」と金切り声を上げた後、力なく両腕をだらりと下げ、肩を落とす。

パン！

サトちゃんが両手を勢いよく叩き合わせた音が、貸し切り状態の体育館にビリリと響き渡った。部員みんなで舞台の上に集まり、シーンの総括を始める。わたしの演技はおおむね好評だった。後輩から「泣きそうになった」なんて言われて、上機嫌になる。

総括が終わった。みんなが次のシーンに向けて机と椅子を舞台に並べる中、サトちゃんがわたしに話しかけて来る。

「なんか最近、調子いいじゃん。いいことあった？」

「んー、なんていうか、気づいたんだよね」

「何に？」

「この脚本が現実的だってことに。それから感情込めて演技が出来るようになったの。人間を属性で判断されちゃうことってよくあるよね。『人生の中で起こることはすべてショウの中でも起こる』って感じ」

「『バンド・ワゴン』？」

即答。びっくりして、声が上ずった。

「知ってるの？」

「有名でしょ。っていうか、琴音も知ってるじゃん」

「わたしは教えてもらっただけだから」

「誰に？」

言えません。わたしは「ちょっとね」と話をはぐらかす。サトちゃんが形のいい眉を不審そうに歪めた。

「彼氏でもできた？」

──どうして、こう、鋭いのだろう。そんなことをいきなり言われたらわたしは固まるしかないし、固まってしまえばもう、バレるしかない。

「え？　マジで？」

「……違うし」

「そういうの要らないから。ねえ、誰？　わたしの知ってる人？」

「何だっていいでしょ。ほら、準備できてるんだから、次のシーン始めてよ」

「けち」

サトちゃんがべえと舌を出し、みんなに号令をかけた。学校ジャージを着た少年少女の集団が舞台の上に三角座りで集まり、「部活って感じだなあ」とぼんやり思う。

夏休みに体育館を借りてやる練習が、わたしは部活動の中で一番好きだ。体育館で汗をかきながらやるお芝居は、お芝居の中でお芝居をしているような特別な感覚がある。ショウに値する瞬間を生きている。そう思える。

恋愛も、そうなのかもしれない。恋愛はショウの出演資格を簡単に手に入れることができる。殺人事件を解決する名探偵になるより、誰かを好きになる方がずっとイージーだ。そうやって、世界に認められている感覚が欲しいから、人は恋愛をするのかも。

「琴音！」

甲高い声が、鼓膜にキンと響いた。慌てて顔を上げると、呆（あき）れ顔のサトちゃん。

「話、聞いてた?」

「……聞いてなかった」

おずおずと答える。サトちゃんがこれみよがしにため息をついた。

「いいことがあったからって、あんまり浮かれないでよね」

好奇の目が集まる中、わたしは肩を竦めて縮こまる。舞台に上がらないのが勿体ないぐらい澄んだ声で、サトちゃんが次のシーンのポイントを滔々と語り出した。

◆

通算四回目のお見舞いに向かう途中、わたしは新山くんに声をかけた。

「今日、お見舞い終わったら映画館に行かない?」

新山くんが「え」と驚いたように呟いた。そんなに変なことを言っただろうか。二回目のお見舞いの後は喫茶店で話をした。三回目の後は一緒にご飯を食べた。映画ぐらい、アリだと思うんだけど。

「観たい映画があるの。新山くん、映画好きでしょ。だから一緒にどうかなと思って」

「なに?」

「ハリー・ポッターの一番新しいやつ」

新山くんの眉が下がる。しまった。何か分からないけど、何か踏んだ。

「ミーハーなのは嫌い？」

「そういうわけじゃないよ。ハリー・ポッターは全部観てる」

「じゃあ、他に何か気になるところがあるの？」

「だから……全部観てるんだよね……」

「……あ」

そうか。よく考えたら、あの映画が公開されたのはもう一か月前だ。そんな前に公開された大作を、映画好きの新山くんがスルーするわけがない。やらかした――

「まあ、でも、いいよ。観に行こう」

意外な言葉に、今度はわたしが「え」と声を上げた。

「二回観ること、結構あるし。面白かったからもう一回観たい気持ちはある」

「無理しなくていいよ？」

「してないよ」

優しい答え。新山くんの声は不思議だ。穏やかなのに強い。神さまってこんな声をしてるんじゃないか。そういう風に感じる。

やがて病院に着き、お母さんの病室へ。お見舞いも四回目になればもう慣れたものだ。

昨日の病院食がとんでもなく不味かったとか、休憩室で落語家の人にあったとか、そういう日常の話が出来るようになる。

「お手洗い行ってくる」

新山くんがそう言って病室から出て行った。お母さんが嬉しそうに声を弾ませ、ベッド傍の椅子に座っているわたしに話しかけてくる。

「お手洗い、だって」

「新山くん、いつもそうだよ」

「今どき女の子だって言わないでしょうに。育ちがいいのね」

「でも家庭環境は大変みたいだよ」

「そうなの？」

「うん。小さい頃に家族みんな、交通事故で亡くなっちゃったんだって。それから親戚に引き取ってもらったみたい」

お母さんが「あら」と口に手を当てた。それからその手をシーツの上に置き、目を伏せる。

「だからちょっと遠慮がちなのね。礼儀正しすぎると思った」

「礼儀正しいなら、いいんじゃない？」

「高校生の男の子なんてもうちょっと雑でもいいの。良樹が高校生だった頃のことを思い出して。あんな子じゃなかったでしょ？」

高校生の頃のお兄ちゃんを、新山くんとオーバーラップさせる。――何も重ならない。もし新山くんに中学生の妹がいたとして、一箱六個入りのアイスを一個余計に食べたことについて妹が泣くまで怒ったりするだろうか。絶対にしないと思う。

「琴音と話してる時はどうなの？」

「どういうこと？」

「新山くんは琴音といる時は砕けてるの？　それともあのまま？」

わたしと話している時の新山くん。たまに人間らしくなる瞬間はあるけれど、どこか浮世離れしているイメージは未だに変わっていない。壁があるというより、同じ高さに立っていない感じだ。目線が合っていない。身長差とは別の意味で。

「……あのままかも」

わたしは肩を落とした。するとお母さんが、嬉しそうに含み笑いを浮かべる。

「新山くんのこと、本当に好きなのね」

かあっと、耳に熱が走った。

「良かった。最初に来た時はそうでもなかったから」

「え？」

「とりあえず付き合うことにしましたって感じだった」

心臓が大きく脈打った。鋭い。ちゃんと演技したつもりだったのに。

「でも、ちゃんと好きになれたのね。新山くん、なに考えてるのか分からないところあるけれど、頑張りなさいよ。お母さん、応援するから」

ちゃんと好き。わたしが新山くんを。わたしは今、恋愛をしている。

「――そうかな」

頭の中の台本が、ぱらりとめくれた。

「恋愛って、承認欲求を満たしたくてやるところあるでしょ。自分が世界に認められてる感覚が欲しいっていうか。今はまだ、そっちの方が先走ってる感じかも」

早口で言い切る。お母さんが、未知の生き物と出会って驚く猫のような顔でわたしを見やった。それから大げさに首を振り、わざとらしくため息をつく。

「めんどくさい子だこと」

めんどくさくて悪かったね。言いかけた言葉を、言わないで飲み込む。舞台袖から演者が現れるように、新山くんが悠然と病室に戻って来た。

◆

病院を出て、いつもは左に曲がる道を右に曲がる。

映画館のあるショッピングモールに向かいながら、映画のことを話す。新山くんは

『ハリー・ポッター』シリーズを観る時、いつも架空のスポーツ「クィディッチ」のシーンに注目しているそうだ。ルールの決まったスポーツを作品ごとにどういう切り口で表現してくるか、そこに作り手のこだわりを見つけるのが好きらしい。変わった見方。

「じゃあ、今回もそこは注目だね」

「今回はちょっと」

「どうして？」

「少しネタバレになっちゃうけど、いい？」

「うん」

「ないんだ。尺の都合でカットされた」

「そうなの？　じゃあ新山くん、観るものないじゃん」

「いや、別にクィディッチだけ観てるわけじゃないから」

新山くんが苦笑いを浮かべた。やっぱり、笑うとかわいい。わたしが新山くんのことをちゃんと好きかどうかはよくわからない。でも新山くんの笑顔を見ると、菜の花に止まったてんとう虫を見ているような、穏やかな気持ちになれるのは確かだ。

やがて、映画館に着いた。次の上映までそんなに時間が無かったので、すぐにチケットを買ってシアタールームのシートに座る。次々と流れる予告編を眺める新山くんの瞳は、揺らぎがなくてやけに真剣だ。少しはテンションも上がるかと思っていたのに、むしろいつもよりクールに見える。

「公開からだいぶ経ってるのに、人いるね」

「リピーターも多いんじゃないかな。シリーズものはリピーター率高いから」

「同じ映画を二回も観る人なんてそんなにいる？」

「僕」

「……そうだったね。ごめん」

「いいよ。——あ、ごめん。電話。ちょっと待ってて」

デニムのポケットから折り畳みの携帯電話を取り出し、新山くんが席を立った。わたしはぼうっと予告編を眺めながら新山くんを待つ。そしておよそ三分後、戻ってきた新山くんはわたしと向かい合うなり、自分の顔の前で両手をパンと合わせた。

「ごめん！　急用が入った！」

「え？」

「家の用事で、絶対に外せないんだ。だから今日は……」

すぅーっと、身体が芯から冷えていった。全身を絶望感が襲う。——絶望？　新山くんと映画が観られないだけで？

「分かった。じゃあ、一人で観るよ」

「ごめん。今度、埋め合わせはするから」

「いいよ。映画なんて何人で観ても一緒だし。それより早く行った方がいいんじゃない？　急用なんでしょ」

「うん。ありがとう。それじゃあ、また」

新山くんが頭を下げ、駆け足で去っていった。わたしはぽっかり空いた隣の席に、無意味にハンドバッグを置いてみる。だけど薄桃色のそれは悲しいまでに新山くんとは遠い。動かないし、喋らないし、っていうかバッグだし、それに——

一緒にいて、楽しくない。

館内が暗くなった。スクリーンの映像が途切れ、シアタールームが静寂に包まれる。わたしも帰ってしまおうか。そんなことを考えている自分が妙に滑稽で、だけど、不思議ではなかった。

◆

家に帰ると、リビングのソファにお兄ちゃんが寝転がっていた。

高校生の時と変わらない飾り気のない短髪で、高校生の時のジャージを着ているから、数年前にタイムスリップした気分になる。ガサツでテキトーでジコチューだった高校生のお兄ちゃん。新山くんとは重なるところが欠片もない。

冷蔵庫を開けて、買っておいたペットボトルのりんごジュースを取り出す。蓋を開けようとして、未開封だったはずなのに開いていることに気づいた。これは——

「お兄ちゃん、わたしのジュース飲んだ？」

「飲んだ。でもコップ使ったから」

ジュースを飲んだ飲んでないでお兄ちゃんと大げんかして、ペットボトルに名前を書くようになった過去を思い返す。そんなところまでタイムスリップしなくていいのに。少しは成長して欲しい。

「琴音」お兄ちゃんが、むくりと起き上がった。「来週か再来週、ひま？」

なんて大雑把な質問なんだろう。ほんと、雰囲気で生きている。

「どうして？」

「親父に有給取ってもらって、母さんとどこかに出かけないか。そろそろお前の夏休みも終わるし、それに——」

お兄ちゃんの声のトーンが、ほんの少しだけ下がった。

「母さんだって、いつまでか分からないだろ」

あと一週間ぐらいは大丈夫だと思うよ。——当然、言わない。

「分かった。じゃあ予定組んじゃってよ。わたしは合わせるから」

「了解。そんじゃ、明後日とかどう？」

テキトーにもほどがある。わたしは「はあ」と息を吐いた。

「いくら何でも急すぎる。真面目に計画立ててよ」

「大真面目だよ。四日後ぐらいに台風来るだろ。あの前に行きたい」

「後でいいじゃん」

「母さん、本当に分からないんだぞ。早い方がいいだろ」

「お父さんの有給とか、お母さんの外出許可とか、取れないかもしれないでしょ」

「かもしれないけど、予定は早い方がいいだろ。後にズレるならズラせばいい。少しは母さんのこと、現実味もって考えろよ」

考えてるし、何なら対策も練っている。フィーリングだけで動いてる人間にそんなことを言われる筋合いはない。

「とにかく明後日は無理。部活あるから」

「それぐらい休めよ」

「決まってない予定のために休み入れるわけないでしょ」

「これから決めるんだよ」

「じゃあ決まってから言って！」

話を一方的に打ち切り、わたしはりんごジュースのペットボトルを持ってリビングを出た。二階にある自分の部屋に入り、ベッドで仰向けになって天井を見上げる。イライラしている。理由は分かる。分かることにもイライラする。イライラの無限増殖。

——人を好きになるって素敵なことよ。

そうじゃない場合もあると思うよ。幻のお母さんに、幻の返事をする。当たり前だけど、幻のお母さんは何も言い返さず、ただ困ったように笑うだけだった。

5

台風が近づいていること以外、何の変哲もない日だった。

昼過ぎぐらいから風が強くなってきて、家の雨戸を全部閉めた。湿気のせいでまとまらない髪の毛をくるくる弄りながら部屋で漫画を読んでいると、お父さんから「早く帰るかもしれない」というメールが入った。お母さんが入院してからうちの夕飯担当は持ち回り制だ。今日の担当はわたしで、レトルトカレーの予定。そろそろご飯を炊こうと、漫画を本棚に戻してキッチンのあるリビングに向かう。

リビングではお兄ちゃんがテレビを見ていた。お米を研ぎながら、バラエティ番組を観ているお兄ちゃんの後頭部に「手伝おうかぐらい言え」と念を飛ばす。昨日の担当はお兄ちゃんで、わたしは何も手伝ってないから、理不尽な要求ではある。

ピリリと、電子音がリビングに響いた。

お兄ちゃんの携帯の着信音。お兄ちゃんがリモコンを手に取り、テレビの音量を思いっきり下げた。それからテーブルの上の電話を手に取る。

「もしもし。親父？」

お父さん。やっぱり早く帰ってくることになったのだろうか。お米を研ぎながら、耳を澄ませる。

「琴音？　そこにいるよ。……うん。……うん」

強風で雨戸のゆれる音がリビングに響く中、お兄ちゃんの話し声はどんどんと低く険しくなっていった。やがて電話が終わった後、その声調を引きずったまま「琴音」とわたしを呼ぶ。わたしはお米を研ぐ手と、流れる水を止めた。

「なに？」

「母さんがヤバい」

音量の下がったテレビから、朗らかな笑い声が聞こえた。

「詳しいことは分からないけれど、今は集中治療室にいるらしい。父さんがすぐこっちに来て、俺たちは父さんの車で病院に向かう。支度しとけ」

お兄ちゃんがテレビを消して、リビングから出て行こうとした。お母さんが危ない。今は集中治療室。これからお父さんの車で病院に――

「――待って！」

喉から鋭い声が飛び出した。足を止め、振り返るお兄ちゃんに尋ねる。

「今の話、間違いないの？」

ムッと、お兄ちゃんが眉間にしわを寄せた。

「間違いないに決まってんだろ。こんな嘘ついてどうするんだよ」

違う。お兄ちゃんが嘘をついているとか、そんなことを言いたいわけじゃない。わたしが言いたいのは――

「……ごめん」

頭を下げる。お兄ちゃんが何か言いたげに口を動かして、何も言わずに出て行く。わたしはどうすればいいか分からず、とりあえず、蛇口をひねって水を出した。

◆

三十分後、お父さんが家に帰って来た。

すぐに車に乗り込み、横殴りの雨の中を走る。運転席のお父さんはワイパーが動き回るフロントガラスをじっと見つめ、助手席のお兄ちゃんはあちこちに目をやってそわそわと不安がっていた。わたしはどういう顔をしているのだろう。あまり見たくなくて、バックミラーを覗けない。

「母さん、大丈夫かな」

「わからん」

「親父は詳しいこと聞いてないの？」

「危ないから来てくれ、だけだ」

車が赤信号に引っかかり、お父さんがチッと舌打ちをした。お父さんの舌打ちなんて初めて聞いた。わたしは自分の携帯電話を手に取り、新山くんと交わしたメールを映し出す。

自分には、他人の「死」が見える。

数学が得意とか、絵を描くのが好きとか、新山くんはそういうのと同じように自分の能力について語っていた。少なくともわたしには、そこに嘘があるようには思えなかった。ポツポツとメールを交わしながら、一週間に一度会うだけの関係だったけれど、嘘をつくような人には見えなかった。

いいんだよね？

信じて、いいんだよね？

車が病院に到着した。降りるなり巨大な雨粒がビシャビシャと頬に当たり、思わず顔をしかめる。これじゃあ傘なんか差しても無意味だ。三人で走り、病院の入口に着いた頃には全身がずぶ濡れになっていた。

受付でお医者さんを呼び出してもらい、ロビーで待つ。台風のせいか、周りにはわたしたちしかいない。滅びゆく世界に三人、取り残されたような気分になる。

大丈夫。大丈夫。大丈夫——

「着替え、持って来れば良かったかな」

わたしの呟きに、お兄ちゃんが反応した。

「どうして」

「だって、何日も続くかもしれないでしょ。回復するなら、なおさら」

「ああ、そっか。失敗したな」

「そうなったら父さんが一旦戻る」

お父さんが話に割り込んで来た。冷たくて重たい声。「そうなる」ことを信じていないのが分かる。お父さんは何も知らないなんて言ったけれど、きっと嘘だ。だってわたしだったら絶対に聞く。回復の見込みはあるのか。あるとしてどれぐらいなのか。絶対に聞くし、聞かれたら病院の人だってきっと、答えざるを得ない。

わたしはハンドバッグから携帯電話を取り出し、胸の上でぎゅうと強く握りしめた。神さまに祈るみたいに。

「三品さん」

横から男の人の声がして、わたしたちは全員でそちらを向いた。白衣を来た中年男性。

お母さんの主治医さんだ。

「悪天候の中、お疲れ様です」

「いえ。ところで、妻の容態は――」

お父さんが核心に触れる。主治医さんがわたしとお兄ちゃんをちらりと見やった。背筋にざわっと悪寒が走る。

主治医さんが、ゆるゆると首を横に振った。

「……残念ですが」

全身から力が抜ける。握っていた携帯電話がわたしの手から滑り落ち、床に当たってカツンと跳ねた。

◆

あっという間に、お母さんのお通夜の日になった。

本当に、びっくりするぐらい、あっという間だった。わたしがお母さんの死を認識するより前に、お母さんは死んだことになっていた。だからわたしは、泣けなかった。そんなわたしに親戚のおばさんは「琴音ちゃんは強いね」と言ってくれたけれど、わたしはただ鈍いだけだと思った。

　お通夜には友達がたくさん来てくれた。サトちゃんも来た。サトちゃんは涙を流しながらわたしを励ましてくれたけれど、わたしはそれでも泣けなかった。どっちが遺族か分からないなとぼんやり考えながら、演劇の台詞（せりふ）を聞くように、サトちゃんの言葉を聞いていた。

　お通夜が終わった後も、ぽつぽつと人がお焼香をしに現れた。わたしより悲しそうな顔をしている、わたしの知らない人を見るたびに、わたしはお母さんのことを何も知らなかったんだなという気分になった。もっと知っておけば良かった。もっと話せば良かった。どうしてこうなってしまったのだろう。こういう想（おも）いをしないように、わたしはあの人に、あんなことを頼んだはずなのに。

「琴音」

　畳張りの休憩室でぼうっとしているわたしに、お兄ちゃんがプラスチックのケースに入ったＤＶＤを差し出してきた。表面に「琴音へ」と書いてあるＤＶＤを受け取り、虚（うつ）ろな声で尋ねる。

「なにこれ」

「母さんの遺言。親父と俺とお前に一枚ずつ。なんか、死ぬ二日前ぐらいに病院の友達に頼んで作ったんだって。自分の身体のことだし、母さん、悟ってたのかもな」

「中身観たの？」

「まだ。落ち着いたら観るよ。お前もそうしろ」

「……分かった」

受け取ったDVDをハンドバッグにしまう。代わりに、レモンの飴(あめ)を取り出して舐(な)める。酸(す)っぱい。この飴、こんなに酸っぱかったっけ。こんなの舐められたものじゃない。吐きそうだ。吐きそう。

――少し歩こう。

わたしは立ち上がり、休憩室を出た。どこに行こうか決めかねて、お母さんのところに向かう。遺体が安置されている葬儀場に入り、焼香台の前に、わたしとは違う学校の制服を着た男の子が立っているのを見つける。

新山遥。

焼香を終えた新山くんが振り返った。わたしと目が合い、ふっと寂しそうに視線を横に流す。全(すべ)てを悟ったようなその仕草が、わたしの脳みそにカッと火をつけた。

「言ったよね」

大きく足音を立てて、新山くんに歩み寄る。

「見えたら教えてって、言ったよね！」

がらんとした葬儀場に、わたしの叫び声が響き渡った。新山くんは何も言わない。ただ寂しそうにわたしを見るだけ。

「全部、嘘だったの？　他人の『死』が見えるなんて言って、友達のおばあちゃんの死をたまたま当てて、引っ込みがつかなくてずっと嘘ついてたの？」

「違う。僕は本当に『死』が見える」

「じゃあ、お母さんのは見えなかったの？　そういうこと？」

「それも違う。ちゃんと見えた」

「……じゃあ、見えたけど、言わなかった？」

「……ごめん」

パンッ！

気がついたら、わたしは新山くんの頬を叩いていた。手のひらがじんじんと痛む。新山くんも痛いだろう。でも、それがなんだ。わたしの方が、わたしの方が絶対に痛い。

「新山くんのせいなんじゃないの!?」

止められない。感情が、溢（あふ）れて止まらない。

「新山くんが『死』を見てるんじゃなくて、新山くんが死神なんじゃないの!?　お母さんが死んだのも、新山くんのせいなんじゃないの!?　そうじゃないって誰が言えるの!?」

八つ当たりだ。分かっている。わたしは新山くんを怒らせようとしている。新山くんから抑えきれない情動を引き出して、目線の高さを合わせようとしている。

新山くんの薄い唇が、ゆっくりと開いた。

「死神は」穏やかで強い、神さまみたいな声。「死を運ぶ存在じゃない。水先案内人。神に仕える農夫だ」

――ああ。

新山くんに感じる違和感の正体が、やっと分かった。この人はつまり、わたしのことを人間として見ていないのだ。いや、きっとわたしだけではない。世界中の全ての人を、映画の登場人物を見るように見ている。今、悲しそうな顔をしているのも、きっとこれが悲しいシーンだからという、ただそれだけ。

「……人殺し」

刺され。深く、抜けないほどに刺さって、死んでしまえ。

「人殺し！」

新山くんに背を向ける。そのまま走って外に飛び出す。やがて走りつかれて足を止めた頃、わたしはお母さんが死んでも流れなかった涙を流している自分に気づき、悔しくて近くの電信柱を思いきり蹴(け)とばした。

6

夏休みが終わった。

演劇部の活動場所も体育館から部室に戻った。地区大会まで一か月を切り、みんなピリピリして怒鳴り声が多くなってくる。そんな中でもわたしだけは、誰からも何も言われることが無かった。どう見たって、パフォーマンスは最低なのに。

「はい、じゃあ今日は解散っ！　お疲れ様でした！」

サトちゃんがクロージングミーティングを締めた。みんながわいわい言いながら部室から出て行く中、わたしもその後を追おうとする。だけどサトちゃんが近くにすすっと寄って来て、足を止めた。

「琴音は居残り」

「居残り？」

「そう。安心して。すぐ終わるから」

——お説教だろうか。まあ、仕方ない。今のわたしの演技は明らかに腐っている。こんなやつを放置していたら、部長失格と言われてしまうだろう。

サトちゃんが部室の真ん中にパイプ椅子を二つ置いた。さっきまでみんなが演技をしていた場所に小道具がセットされ、ちょっとした舞台のような雰囲気が出来上がる。向かい合って座るなり、サトちゃんが身体を前に傾け、「さて」と話を切り出した。

「彼氏となにかあった？」

　息が止まった。

　大きく目を見開くわたしを見て、サトちゃんが「やっぱり」と上機嫌に呟いた。わたしは呆然と言葉を返す。

「なんで……」

「だって、様子が変だったもん」

「普通、お母さんのことだって考えるでしょ」

「そういう雰囲気じゃなかった。いきなりトラックに轢かれて、両足折れて歩けないみたいな感じ」

　サトちゃんがわたしに向かってすっと手を伸ばした。そしてわたしの頬に触れ、どこか芝居がかった口調で語る。

「舞台の上にいる時、わたしたちは一つ」

　真っ白な歯を見せて、サトちゃんが朗らかに笑った。

「自分の足が折れて気づかない人がいる？」

　わたしは、サトちゃんの胸に飛び込んだ。柔らかな感触に顔を埋めながら、わあわあと泣き喚く。そんなわたしの髪をサトちゃんは、まるで大切な宝物を扱うみたいに、優しく撫で続けてくれた。

◆

「まさか、琴音とあの死神くんがねえ」

　サトちゃんがしみじみと呟く。わたしは何だか恥ずかしくなり、身を引いて縮こまった。動いた拍子に、座っているパイプ椅子がギシリと軋む。

「琴音も大胆だよねえ。やるわ」

「別に、好きだから告白したわけじゃないし」

「でも少しは彼氏欲しいみたいな気持ちもあったんじゃないの？」

「ない！」

「そうかなー。私だったら、欠片も気になってない人と偽装カップルやるの無理だけど。気になる瞬間とかあったんじゃない？」

　ファミレスで見た新山くんの笑顔が、ふと脳裏に浮かんだ。——まあ、全くないと言ってしまったら、それは嘘かもしれない。

「それで、これからどうするの？」

問いかけに、わたしは腕を組んで首を捻った。思いきり泣いてすっきりはした。でもこれからどうするかと言われると、特に思い浮かばない。

「どうすればいいかな」

「会って話をしてみるべきじゃない？　琴音にお母さんのこと言わなかったの、何か理由があったと思うし」

「どうしてそう思うの？」

「琴音はそう思わないの？」

質問に質問を返された。でも、確かにそうだ。新山くんが何の理由もなくあんなことをするとは、わたしには思えない。

「元々、意味不明な能力なんだから、なんか意味不明な縛りとか拘りとかあるんだよ。そういう話、琴音は全く聞いてないの？」

能力を使用する上での縛りや拘り。そもそも黙っていればいいのに、わざわざ声をかけるところ。あとは――

――何があっても一番初めは当人に話すと決めているので。

「あ」

「お？　何かあった？」

そうだ。新山くんのポリシーから考えれば、お母さんの「死」が見えたら最初はわたしてはなくお母さんに話すはずなのだ。わたしには悟られないようにしながら、どうにかしてお母さんと接触を図り――

――ごめん、電話。

「……そっか」

間違いない。あの時、新山くんは映画館から病院に戻ってお母さんに会っていた。そしてお母さんに「死」を伝えた。その結果が――

パイプ椅子から、勢いよく立ちあがる。

サトちゃんがわたしを見上げ、ニッと不敵に笑った。わたしは頭の中で考えをまとめながら口を開く。まだ何がどうなっているかは分からない。だけど、一番にやるべきことは決まった。

「サトちゃん。わたし、帰る」

「うん。頑張ってね」

「ありがとう。じゃあ、また明日ね」

スクールバッグを担ぎ、駆け足で部室を飛び出す。学校からバス停、バス停から駅、駅から家――乗り物を使わないところは全て走った。家に着いてからも二階の自分の部屋まで一息に駆け上がり、汗だくになりながら、観る気がしなくて机にしまっておいたDVDを取り出す。

リビングに行き、テレビの下のプレイヤーにDVDをセットする。お兄ちゃんはもう大学近くのアパートに戻った。お父さんはまだしばらく帰ってこない。大丈夫なはずだ。

わたしはリモコンを使い、DVDを再生した。

テレビの画面に、無人のベッドが映った。

すぐにお母さんが横から入ってきて、カメラと向き合う。こほんと一つ咳払いをして、笑顔を作る。死ぬ直前なんてとても思えない、温かさに満ち溢れた表情。

「琴音」

時を越えて、お母さんがわたしに語りかける。

「今どうしてる？　一人で観てる？　それともお父さんや良樹と一緒？　もし一緒なら席を外して貰った方がいいと思うな。琴音にしか話せないことを話すつもりだから。十秒待ってあげるから、その間に一人になってね」

沈黙。一時停止すればいいんだから、そんなに待たなくていいのに。変に律儀なところがお母さんらしくておかしい。

「一人になった？　じゃあ始めるね。まず琴音には謝りたいことがあるの。演劇の大会、観に行けなくてごめんなさい。本当に観に行きたかったんだけど、これを琴音が観てるってことは、ダメだったのよね。すごく残念。そのせいで――」

お母さんがわずかに目を伏せた。声が少し暗くなる。

「新山くんって子にも、無理させちゃったのに」

息を呑む。やっぱりお母さんは、新山くんから自分の「死」を聞いていた。

「分かってると思うけど、お母さんは彼から寿命のことを聞きました。あの子、不思議な子ね。なぜだか分からないけれど、疑う気になれないの。あの子が言うのなら本当なのだろうなと思えてしまう。でもね、疑う気にはなれなかったけど……賭けてみたいとは思った。あの子の能力を、私の意志が超えることに」

胸の上に右手を乗せ、お母さんが目をつむった。

「私の生きたいという想いが、あの子が見たものに勝つかもしれない。琴音の最後の演劇を見られるかもしれない。その可能性をどうしても捨てられなくて、お母さん、あの子に『内緒にしてくれ』って頼んじゃった。だって言っちゃったら、琴音、演劇に集中できないでしょう？　それはイヤだったの。琴音の足を引っ張りたくなかった」

お母さんが目を開けた。そしてうっすらと微笑む。

「だからね、あの子が琴音にお母さんの『死』を教えなかったのは、お母さんのせい。怒っちゃダメよ。もしもう怒っちゃってるなら謝って。あの子、言い訳しないと思うの。そういう子だなって感じた。だから琴音の方から、歩み寄ってあげて」

お母さんの薄い微笑みが、悪戯っぽい含み笑いに変わった。

「あの子にね、琴音のことをどう思ってるか聞いたの」

鼓膜から全身に、ピリッと電撃が走った。

「答えは言わないけれど、一つだけ教えてあげる。あの子、ちゃんと琴音のこと見てるよ。ただとても不器用なだけ。だからもう、琴音が素直になりなさい。お互いに不器用どうしじゃあ、話が進まないでしょう？」

新山くんはわたしのことを見ている。ただ不器用なだけ。神さまでも何でもない、普通の高校生の男の子。

「琴音」

テレビの中のお母さんが背筋を伸ばした。改まって、いつか聞いた言葉を口にする。

「人を好きになるって本当に素敵なことよ。だってお母さんは、お父さんのことを好きになったから、琴音に出会えたんだもの」

両方の目から、ポロリと涙がこぼれ落ちた。

初めての涙だと思った。サトちゃんの胸で泣いた時とは違う。新山くんから逃げて泣いた時とも違う。小さい頃に『よだかの星』を読んで泣いた時とも、雷が怖くて泣いた時とも、ぜんぶ違う。人生初めての涙だ。泣くことによって生まれ変わる、そんな涙。

それから五分ほど話して、遺言は終わった。DVDをケースにしまい、携帯を手に取って新山くんの電話番号を呼び出す。だけど結局は何もせずに画面を消し、わたしは誰に聞かせるわけでもない独り言を呟いた。

「よし」

もう大丈夫。

理由もなく、そう思えた。

7

次の日、わたしは登校するなり、サトちゃんのクラスに向かった。

クラスの女子友達と話しているサトちゃんに近づくと、わたしに気づいたサトちゃんが明るく「琴音」と呼びかけてきた。わたしは息を吸い、一言、短く告げる。

「わたし、今日、部活休む」

やたらと思いつめた事務連絡をするわたしを、サトちゃんの友達が不思議そうに見やってきた。サトちゃんがにんまりと笑い、右の親指と人さし指でマルを作る。

「オッケー。行ってらっしゃい」

そして、放課後。

わたしは帰りのホームルームが終わるなり、教室をダッシュで飛び出した。学校からバス停、バス停から駅までを走るのは昨日と一緒。だけど今日は電車に乗って、家とは逆方向に向かう。目的の駅で降りたら再び猛ダッシュ。それでも目指していた場所に着いた頃には、わたしの学校のホームルームが終わってから、随分と時間が経過してしまっていた。

新山くんの高校。

校門から続々と出てくる生徒たちを見て、わたしの中に強い焦り（あせ）が生まれた。校門を抜けて校舎に入り、ローファーを脱いで上の階へ。自分たちと違う制服を着た女子がソックスで駆け抜けていく姿はかなり注目を浴びてしまったけれど、先生に呼び止められなければ問題ないと割り切る。

やがて「二年四組」と記されたプレートが目に入った。わたしはその教室の扉を開け、大声で叫ぶ。

「新山遥くん居ますか！」

呼んでから、教室の中を見渡す。教室にはまだ人がそこそこ残っていたけれど、新山くんの姿は見当たらなかった。ガックリと肩を落とすわたしに、見覚えのある男の子が声をかけてくる。

「君、千里の友達だよね？」

サトちゃんの彼氏。名前、なんだっけ。確か――

「堀田くん」

「堀川ね。遥に何か用？　あいつならついさっき帰ったけど」

「ついさっき?」

「うん」

「何分前?」

「五分ぐらい」

それなら間に合うかもしれない。わたしは「ありがとう!」と言い残し、堀川くんから離れようとした。だけどその腕を、堀川くんにグイと摑まれる。

「遥のこと追いかけようとしてんの?」

「うん」

「じゃあ、電話するよ」

堀川くんが自分の携帯を取り出した。わたしは慌ててそれを止める。

「待って!」

「え?　なんで?」

「いきなり会いたいの。心の準備とか、そういうの出来てない時に会いたい」

「どうして」

「それが一番伝わる気がするから」

「――分かった。じゃあ、行こう!　校門前で待ってて!」

堀川くんが教室を飛び出した。置いて行かれたわたしは困惑しながらも、言われた通り校門を出て堀川くんを待つ。やがてヘルメットを被り、自転車に跨って現れた堀川くんが、目線で後輪を示しながら短くわたしに言い放った。

「乗れ！」

なんていいやつなんだ。きっとサトちゃんは、この男の子のこういうところを好きになったのだろう。ちくしょう。サトちゃんを幸せにしろよ。このやろう。

荷台を跨ぐように立ち、堀川くんの肩を掴む。先生らしき人が「お前ら！」と怒鳴ってきたけれど、堀川くんはまるっきり無視して自転車を漕ぎ出した。駅に続く道を走りながら、堀川くんが叫ぶ。

「くっそー！　遥いねー！」

新山くんが見つからないまま、自転車が前にぐんぐんと進んでいく。やがて駅のロータリーについてしまい、堀川くんが自転車を止めてわたしを下ろした。別に何も悪いことなんてしていないのに、申し訳なさそうに謝る。

「ごめん。力になれなかった」

「ううん。ありがとう。それにまだ分からないでしょ」

「え？」

「電車には、待ち時間がある」

跳ねるように。

両足に力を込め、飛び跳ねるように、わたしは駅に向かって駆け出した。身体が軽い。ずっと走ってばかりいるのに、不思議なほど疲れを感じない。何となく分かる。この理屈の合わなさ。きっとこれが、恋と呼ばれるものだ。

改札を抜ける。左右に分かれているホームのどちらに行くか迷い、直感で左側を選んだ。階段を二段飛ばしで駆け下りた瞬間、向かいのホームから電車到着のアナウンスが聞こえ、反射的にそちらに目をやる。

電車を待っている新山くんと、目線がぶつかった。

世界から音が消える。おしゃべりをする高校生の声が、白線の内側に下がることを要求するアナウンスが、近づいて来る電車の駆動音が、全て真っ白に塗り潰(つぶ)される。そしてホワイトアウトした世界に、わたしと新山くんだけが残る。

——届け。

「新山遥ああああああああああああ!!」

肺を膨らませ、限界まで声を張る。舞台に立っている時と同じように。

「わたし、劇、演(や)るから!」

一番に言いたい言葉。一番に伝えたい想い。

「あんたのために! ちゃんと、演るから!」

わたしを見て。わたしを聞いて。わたしを感じて。

「だから――」

銀色の車体が、わたしと新山くんの間を遮った。

世界に音が戻ってきた。こうなったらもう、叫んでも届かない。わたしは両手を握りしめて正面を見据え、わたしの叫びが世界にどのような影響を与えたのか、その行く末を見守る。

電車が動く。鉄塊の向こう側が見えるようになる。ホームは――

無人。

「……普通、帰る？」

わたしはその場にしゃがみこんだ。汗だくの額に手をあて、軽く首を振る。

「この流れは待ってるでしょ……いくらなんでもマイペースすぎるって……少しは気になったりしないのかな……」

「気になるよ」

顔を上げ、勢いよく振り返る。

あまりにも勢いがよすぎたのか、わたしを見下ろしている新山くんが軽く身体を引いた。だけどすぐに持ち直し、バツが悪そうに目線を外しながら口を開く。

「気になる。だから、会いに来た」

わたしはゆっくりと立ち上がった。新山くんが照れくさそうにはにかむ。

「とりあえずさ」

右の親指を立て、新山くんが繁華街の方を示した。

「映画でも、観に行こうよ」

◆

全国高等学校演劇大会、地区大会当日。

わたしは、今日のために帰省したお兄ちゃんと一緒に、お父さんの運転する車で会場のホールに向かった。お母さんの遺影を持ってくる話もあったけれど、わたし以外の演者にすごいプレッシャーがかかってしまいそうなのでやめた。お兄ちゃんは「そんなもんなくたって観に来てくれてるだろ」と言い、わたしはその言葉に「そうだね」と頷いた。

ホールに着き、演劇部のみんなと合流。リハをやったり、議論をしたり、直前の直前まで精度を高めることに努める。出番はあっという間にやってきた。下りた幕の裏でセットを整える裏方の仲間たちを見つめながら、何度も深呼吸を繰り返す。

「緊張してる？」

サトちゃんが丸めた台本でポンとわたしの頭を叩いた。わたしは素直に答える。

「してる」

「それでよし。感受性は大事」

「自分は舞台に上がらないからって、気軽に言ってくれちゃって」

「そんなの関係ないでしょ。私だってめちゃくちゃ緊張してるもん」

「サトちゃんも？」

「そう。私だけじゃないよ。音響だって照明だってみんな緊張してる。ちゃんと観客を楽しませるエンターテインメントが出来るか、不安で心臓バクバクいってる。でもさ――」

世界を丸ごと抱き締めようとするみたいに、サトちゃんが大きく両腕を広げた。

「そういうのが、楽しいんじゃないの？」

見る人を惹きつける、緊張なんて微塵も感じさせない笑顔。ほんと、演者をやらないのが勿体ない。サトちゃんがやりたいことをやるのが一番だから、別にいいけど。

ブザーが鳴った。

照明が落ち、幕の向こうで学校紹介のアナウンスが流れ始めた。いよいよだ。胸から飛び出してマラソンを始めそうなぐらいに暴れる心臓を抑え、わたしはポツリと呟く。

「ちゃんと観に来てくれてるかな」

「お母さんなら来てると思うよ」

「ううん。そうじゃなくて――」

小さく首を振り、わたしは、ありったけの愛おしさを込めてその言葉を口にした。

「死神」

幕が上がる。舞台にスポットライトが当たる。ショウが、始まる――

第三幕

二十歳、『ブロークバック・マウンテン』

「ジャック　永遠に一緒だ」

――二〇〇五年公開、『ブロークバック・マウンテン』より

1

一目惚(ぼ)れだった。

まごうことなきガチの一目惚れ。噂(うわさ)には聞いたことがあるとか、名前は知らないけど姿は知っていたとか、大学に遅刻しそうになって食パンをくわえて走っていたら曲がり角でぶつかったとか、そんなことは一切ない。店長から「新人のバイトが入る」という話は聞いていたけれど、それに何の期待もしていなかったし、むしろ「新人教育めんどくせえ」というマイナスの印象しか抱いていなかった。

だけどシフト前、バックルームで店長にそいつを紹介されて、一変した。

「新山遥。二十歳の大学二年生です。よろしくお願いします」

そいつは色白で、華奢(きゃしゃ)で、目が大きくて、肌が滑らかで、一言で言うと俺の好みだった。いや、好みという表現では温(ぬる)い。理想だ。現実世界には存在しないはずの俺の理想。それが受肉して、俺のバイト先のレンタルビデオ店に新人バイトとして現れた。

「女の子みたいな名前だね」

「よく言われます。見た目もあまり、男っぽくないので」

それがいい。

名前に惑わされず一目で男だと分かる程度には男だけれども、発する雰囲気は男らしさとは遠い。そういうのがいいのだ。ゲイ心をくすぐる。もっとも俺のような嗜好（しこう）のゲイは少数派で、男通り越して漢（おとこ）みたいなやつの方が、界隈（かいわい）では好かれているようだけど。

「俺は大河原（おおかわら）雅人（まさと）。よろしく」

「はい。よろしくお願いします」

「俺、大学四年生で就職決まってるから、このバイトもあと半年ぐらいなんだ。それで後継者に君が選ばれたってわけ。厳しく躾（しつ）けるから、覚悟しろよ」

意味深な台詞（せりふ）を吐く。遥は俺の下心に気づかず、「頑張ります」と頭を下げた。デニムの前が膨らみ、店のユニフォームが身体（からだ）の前面を隠すエプロンであることに感謝を覚える。

それから二週間。

俺が働いている店は、月替わりでテーマに沿った映画の特集を組み、コーナーとして展示する企画を実施していた。来月の担当は俺。テーマを決める権限を持つのは担当者。そして今回は、遥が勉強がてら手伝ってくれる。千載一遇のチャンスだ。

俺はまず店長に特集のアイディアを話し、実行の許可を得た。そして仕事終わりのバックルームで、一緒にシフトに出ていた遥に告げる。

「十月の特集テーマ、同性愛にしたから」

エプロンを外す手を止めて、遥がきょとんと目を丸くした。

「同性愛？」

「そう。ＢＬとか流行ってるし、行けるかなと思って。新山くんはそういうの苦手？」

「いえ。そういう映画もそれなりには観ています」

よし。俺は密かに拳を握った。

「どんなの観た？」

「『マイ・プライベート・アイダホ』とか『ブエノスアイレス』とか……邦画だと『ハッシュ！』とか」

「『ブロークバック・マウンテン』は？」

「観ていません」

「じゃあ今度、一緒に観ない？」

一拍置く。声の調子を整え、また語り出す。

「店からＤＶＤを借りて、どっちかの部屋で鑑賞会して、特集で取り上げる作品と書くコメントを決めようよ。どうかな」

二人きりで一緒にゲイ映画を観よう。

俺の提案はつまり、そういうことだ。厳密にはレズビアン映画も含まれるけれど、そっちを観るつもりは毛頭ない。なるべくならば絡みが多いやつで、美しさより生々しさを重視した系統ならなおよい。「間違い」を起こしやすい。

「いいですよ。やりましょう」

遥が微笑む。俺は「じゃあ、決まりな」と呟き、どさくさに紛れて遥の尻を叩いた。

◆

三日後、俺と遥は店で『ブロークバック・マウンテン』のDVDを借り、遥の住んでいるマンションに向かった。

途中でコンビニに寄って、酒とつまみを買った。俺はビール、遥は桃の缶チューハイ。甘い酒を嗜んだ遥の唇から立ち上る香りと味を想像し、軽く酩酊する。まだ一口も飲んでいないのに。

部屋は小綺麗なワンルームだった。映画のDVDが詰まった棚以外、趣味が見えるものはない。俺は棚にずらりと並ぶパッケージの背表紙を眺めながら、鑑賞会の準備を整えている遥に声をかけた。

「ヒューマンドラマが好きなんだな」

「分かります？」

「分かるよ。他のジャンルよりマイナーなものが多い。逆に、恋愛系は苦手かな」

「そうですね。いまいち感情移入できなくて」

俺もだよ。ノンケの恋愛ってほんとめんどくさいよな。儀式めいてるというかさ。遥もそんなまだるっこしい恋愛より、男同士、分かりやすい関係を築こうぜ。それとも言われるまでもなくこっち側だったりする？

期待に胸と海綿体を膨らませつつ、俺は遥の隣に座った。遥がＤＶＤプレイヤーのリモコンを操作して『ブロークバック・マウンテン』の再生を始める。二〇〇五年、アメリカで公開されたゲイ映画の金字塔。鑑賞会の一作目としてはうってつけだ。

遥が真剣なまなざしで映画を観る。物語が進むにつれ、遥が飲んだ後の缶チューハイをテーブルに置く音が軽くなり、白い頬にほんのりと赤みがさしてくる。俺のビールはとっくに空いて今は二本目。シチュエーションとアルコールで火照る脳みそに、妄想の会話劇が繰り広げられる。

「新山くんは男同士って経験ある？」「ないですよ（笑）」「興味は？　すごく気持ちいらしいよ」「そうなんですか？」「うん。実は俺は経験あるんだけど、ヤバい。世界変わる」「……へえ」「試してみる？」「はい……それじゃあ……」

ブー。

遥の携帯が、テーブルの上で激しく震えた。遥が「すいません」と頭を下げ、映画をヒース・レジャーとジェイク・ギレンホールのキスシーンで止めて電話に出る。またすごい場面で止まったものだ。

「……今からはちょっと。バイトの先輩がいるんだよね。もう夜も遅いし、あまり出歩かない方がいいと思うけど……」

どうやら何者かがここを訪れようとしているらしい。俺は絶対に断れと無言の圧力をかける。やがて遥が「え⁉」と短く叫び、弾かれたように玄関の方を見やった。

「もう来てる⁉」

インターホンが鳴った。

玄関扉が開く音のすぐ後に、廊下を小走りに駆ける足音が続いた。何かが来る。思わず身構える俺の前で、リビングのドアが勢いよく開いた。

「遥くーん！　ヤッホー！」

女。

黒髪を肩まで伸ばし、シャツにチノパンという色気のない格好をした女が、勢いのいい挨拶を遥にぶちかました。遥が顔を真っ赤にした女に近寄り、軽く顔をしかめる。

「お酒臭いね」

「近くで飲み会だったの。それで家まで帰るの、めんどくさくてさ。アイス買って来たけど食べる？」

「後で食べるから、冷凍庫にしまっておいて」

「了解です！　遥隊長！」

敬礼のポーズをとり、女が廊下に置いてある冷蔵庫の元へ向かった。仲睦まじげな会話に、こんな夜遅くに一人暮らしの男の家を訪れる親密さ。そして何より、家主が鍵を開けるまでもなく部屋に入ってこられる、合鍵所持を思わせる行動。これは――

「――彼女？」

「ええ、まあ、そんなものです」

「そんなものじゃなくて、彼女でしょ」

戻って来た女が遥の腕に抱きついた。そしてぶんと大きく頭を下げる。

「三品琴音！　ピチピチの女子大生です！　以後、お見知りおきを！」

酔いで頬を真っ赤に染め、へらへらと笑う三品の前で、俺はひたすら呆気に取られた。

三品が男同士のキスシーンで止まっているテレビを見やり、遥に声をかける。

「浮気？」

「まさか。バイト先で同性愛映画の特集やるから、その準備」

「よかった。わたし、男の人相手なら浮気ＯＫとかないからね」

「ないから大丈夫。安心して」

萎える。

彼女がいたことはいい。いるよりはいない方がいいけれど、別にいても構わない。ただこのいかにもオツムとデリカシーの足りなそうな女はないだろう。遥の隣には相応しくない。白鳥とゴリラを並べるようなものだ。

とにかく、これで今日はもうほんの僅かなチャンスもない。どうしよう。いっそ帰ってしまおうか。一人そんなことを考える俺の耳に、遥と三品の会話が届く。

「でも遥くんが人を家に上げるなんて珍しいね。そういうの苦手なんじゃないの？」

「上がりたがる人がいないだけだよ」

「そうなんだ。わたしてっきり、また『能力』絡みなのかなとか思っちゃった」

——能力？

引っかかる単語が聞こえた。三品が「顔洗ってくる」と言って場を離れ、遥が俺のところに戻って来る。

「すいません。いきなりこんなことになってしまって」

「いいよ。今日は帰ろうか？」

「いいですよ。彼女、人がいるとかいないとか、あまり気にしないですから」

俺は気になるんだよね。今はもっと気になることあるから、先にそっち聞くけど。

「ところでさ、『能力』ってなに？」

「え？」

「さっき彼女がなんか言ってたでしょ。能力がどうこうって」

「ああ。僕、少し変わった力を持っていて、その話です」

「変わった力？」

「はい。人の『死』が見えるんですよ、僕」

会話が止まった。

言葉を失う俺を見て、遥が「いきなり驚きますよね」と照れたように笑った。いつも通りの愛らしい笑顔。だけど今は、とりあえずそれは、どうでもいい。

「……どういうこと？」

「死期の近づいている人が分かるんです。胸の上に海のようなものが浮かんで見えたら長くない。それで僕は見えた人と話をして、その人と深く関わることがあるので、彼女は大河原さんがそれ関係の人じゃないかと思ったというわけです」

俺は「へえ」と呟きを返した。遥が右手にリモコンを持ち、俺が話を信じようが信じまいがどうでも良さそうな態度で、平然と尋ねる。

「続き、始めていいですか？」

俺は無言で頷いた。遥が再生ボタンを押し、映画が始まる。三品が「わたしも観るー」と癇に障るキンキン声を出し、俺とは反対側の遥の隣に座った。

映画が終わった後、俺は早々に遥の部屋から撤退した。

予定では映画の感想を語り合い、あわよくば――ということも考えていたけれど、とてもそんな気分ではなかった。三品の存在もさることながら、それ以上に引っかかっているのが「能力」の話だ。地下鉄の座席に腰かけ、人気の少ない車内をぼうっと眺めながら、遥から聞いた言葉を脳内で反復する。

――人の「死」が見えるんですよ、僕。

女の趣味が悪い程度ならば許容できる。だけどスピリチュアルな方面にぶっとんでいるのはキツイ。もし遥から「大河原さんに会って欲しい人がいるんですけど……」と声をかけられ、小汚いおっさんが垂れ流す妄言をむせび泣きながらありがたがる人々の集会に誘われたとしたら、俺は遥のことを好きなままでいられるだろうか。自信がない。

考えながら歩いているうちに、俺の住んでいるマンションに着いた。エレベーターで七階まで昇り、部屋の鍵穴に鍵を突っ込んで回す。しかし、キュイッと金属の擦(こす)れる軽い音がしただけで、手ごたえがない。

――あいつ。

舌打ちが漏れた。結局、俺も遥の人づきあいについてどうこう言う資格はないのだ。入る前に連絡しただけ、今この中にいるやつより三品の方がマシだろう。

扉を開く。玄関脇の洗濯機がゴウンゴウンと動いており、俺も洗いたいものがあるんだから帰るまで待てとまた舌打ちが漏れた。靴を脱いで、リビングに向かう。

ソファベッドに寝そべり、テレビを観ていた茶髪の男が、とても年上とは思えない幼い顔立ちを俺に向けた。

「おかえり」

「来るなら連絡しろって言ってるだろ」

「めんどくさくて」

「合鍵取り上げるぞ」

「ごめんちゃい。次からは気をつけまーす」

男――リュウがへらへらと笑った。どう考えても人を舐め腐っているのだが、不思議な愛嬌があるせいでつい許してしまう。まあ、それぐらいのスキルがないと身体を売って生計を立ててるなんてことはできないのだろう。この愛嬌は天性の才能で、その才能を生かせる場として選んだ職が、男娼だったのかもしれないけれど。

俺とリュウは新宿二丁目のゲイバーで出会った。カウンターで酒を飲んでいた俺の隣にいきなり座ったリュウが、出し抜けにかけてきた第一声が、これ。

「異性愛者（ノンケ）になる薬があったら、飲む？」

　俺は「なに言ってんだこいつ」と思った。そして「なに言ってんの？」と言った。敬語は使わなかった。夜の店特有のぼけた灯りに照らされたリュウの顔はティーンエイジャーのようにあどけなくて、自分自身が酒を飲めるギリギリの年齢の癖に、相手の方が年上だなんて微塵（みじん）も思わなかった。

「有名な思考実験だよ。それとも、もしかしてノンケ？」

「いや、違うけど」

「なら良かった。おれもだよ」

　リュウが顔をくしゃくしゃにして笑った。磨き上げられた営業スマイル。そうと知らない俺は、迂闊（うかつ）にも愛らしさを感じてしまう。

「それで、さっきの質問だけど、どう？」

「……いきなり言われても困る」

「こういうのって、いきなり言われて、直感で出たやつが本当の答えじゃない？」

「じゃあ俺は答える資格がないな」

「どうして？」

「もう考えてるから。そっちこそどうなんだよ。飲むのか？」

「飲まない」

「どうして」

「あんたに会えなくなる」

声色が、急に大人びた。

声だけではない。表情も、態度も、リュウの全てが急激に熟した。少年漫画雑誌を読み進めていたら、実験的に混ざっていた青年向けの短編読み切りに出会った時のような気分になる。そして俺は、その少年漫画雑誌に混ざっている青年向け読み切りのシニカルな魅力を、とても好ましく思う男だった。

出会いからおよそ半年。リュウがあの雰囲気を発したことはあれっきり一度もない。騙されたと思う時もあるが、それならそれで構わない。別に悪い気分ではないのだから。

「遅かったじゃん。飲み会？」

ソファの中央に座っていたリュウが横に動いた。誘われるまま、俺は空いたスペースに腰を下ろす。

「バイトの後輩の家で映画観てた」

「それってもしかして、例の遥くん？」

「そ。一緒に『ブロークバック・マウンテン』観た」

「うわ。下心まるだし」

「下心あったし。途中で彼女が乱入して雰囲気ぶち壊しになったけど」

「あ、彼女いたんだ」

「いたの。しかも合鍵まで渡しててさ。似合わねえ」

俺は天井を仰いだ。室内灯の人工的な輝きを眺めているうちに、ふと、もう一つの似合わない話を思い出す。

「リュウ」

「なに?」

「お前、人の『死』が見える能力って信じる?」

リュウがぱちくりと瞬きを繰り返した。分かるよ、その感じ。俺もそうだった。

「遥が言ってたんだ。自分には人の『死』が見えるって」

「なにそれ」

「死期の近づいてる人間が分かるんだってさ」

「……正気?」

「それが分からないから、お前に聞いてるんだろ」

「雅人が分からないのに、会ったこともないおれが分かるわけないよね」

ぐうの音も出ない正論だった。俺は素直に「それもそうだな」と言い分を認める。リュウがくすくすと子どもっぽく笑い、頭を俺の肩に寄せた。

「でも、そういう能力があったらいいなとは思うよ」

「どうして」

「いつ死ぬのかビクビク怯(おび)えながら暮らすのイヤじゃん。死ぬ前にお前は死ぬぞってちゃんと宣告して欲しい」

リュウが頭をさらに近づけてきた。俺は柔らかい髪を撫(な)で、顔をこちらに向かせる。テレビが垂れ流しているどこかの国で起きたテロ事件の報道を背景に、左耳のピアスを触りながら唇を重ね、お互いの唾液(だえき)を交換する。

俺はリュウについて、年齢と、男娼であることと、本当の名前が「尾上達也(おがみたつや)」であることしか知らない。その程度の仲だ。だけど俺たちは触れ合って、キスをして、セックスをする。俺たちのような人間はよく、そういう選択をする。

シャツの中に手を忍ばせ、胸の突起をつまむ。リュウが「あ」と小さな喘(あえ)ぎを漏らした。そして俺の首に腕を回し、湿っぽく語りかけてくる。

「雅人」

「なに」

「言わなきゃいけないことがある」

「なんだよ」

「おれ、検査に行ったんだ」

検査。

ゲイがゲイに検査と言う時、その内容はほぼ一つに限られる。ヒト免疫不全ウイルス、通称ＨＩＶに感染していないかどうかを調べる検査だ。ＨＩＶは性行為による粘膜の接触で伝染しやすく、男性同性愛者は妊娠しないから性行為においてコンドームを使用しなかったり、粘膜が傷つきやすい腸を性行為で使用したりするから、感染リスクが高いと言われている。

「店の客がフェアリーだったらしくってさ。そいつ、おれのこと気に入ってて、店外でもよく会ってたんだよね。生も何回もやった。だからやべーと思って、行ってきた」

フェアリー。妖精、転じて陽性。即ちＨＩＶ検査陽性——感染者の隠語。

「そしたらさ」

にへらと、リュウが調子のいい笑みを浮かべた。

「おれも、妖精ちゃんだったわ」

点けっぱなしのテレビの音が、急に小さくなったような気がした。俺は最後にリュウと生でセックスした日を思い出そうと試み、たった三日前に酔った勢いでやらかしていたことを思い出して、大声で「はあ!?」と叫んだ。

2

ＨＩＶ検査には、ウインドウ期というものが存在する。

感染してから感染を検出できるようになるまでの空白期間のことだ。逆に言うとこの間はウィルスに感染していても検出することができない。そのため検査は感染の可能性がある行為の後、二か月から三か月ぐらい待って受けることが推奨されている。

それでも俺はリュウが感染していると分かった後、すぐ検査に行った。無料で受けられる保健所の検査を受け、陰性であるという結果を得た。しかし当然、それでは感染したばかりのウィルスは検出できない。俺とリュウが日頃から感染リスクのある行為に及んでいた以上、しばらく待ってから再び検査を受ける必要がある。

そして、十二月。

俺は二回目の検査を受けるため、性病専門のクリニックに出向いた。無料の保健所ではなく有料のクリニックを選んだ理由は、採血してすぐに結果の出る即日検査を受けたかったからだ。保健所の検査にも即日検査はあるけれど実施している自治体や実施頻度が少なく、だいたいは採血から検査結果が出るまで一週間ほど待たされる。前回、その一週間で受けた心労は尋常ではなかった。あの負荷をもう一度味わいたくない。

クリニックはビルの四階にあった。受付を済ませた後、カーテンで仕切られた狭いスペースに通され、そこでしばらく待つ。そのうち看護師に呼ばれ、採血を済ませ、またカーテンのかかったスペースで待たされる。どうしてこんなに隔離されるのだろうと考えて、ここが性病専門のクリニックであることと、プライバシー保護の重要性に気づいた。

「お待たせしました」

看護師がカーテンを開き、心臓がドクンと大きく跳ねた。案内されるまま面談室に足を踏み入れ、小さなテーブルを挟んで医師と向かい合う。やがて医師が一枚の紙を俺に向かってすっと差し出し、俺はそこに記された文字列から俺の欲しかった情報を、ほとんど一瞬のうちに読み取った。

陰性。

「検査の結果ですが――」

医師が何事かを語る。俺の耳にはほとんど届かない。そして俺は一通りの説明を形だけ聞いた後、金を払ってクリニックを出て、はーっと大きな安堵（あんど）の息を吐いた。

◆

検査の後は、そのままバイトに向かった。

ずっと抱えていた心労が取れた反動で、やたらと接客態度が明るくなった。悪いことではないが、不自然ではある。その不自然さを、シフトが終わってバックルームで帰りの準備をしている最中、遥に突かれた。

「大河原さん、何かいいことありました？」

「え？　どうして？」

「最近、元気なかったじゃないですか。でも今日は違ったので」

「そうかな」

「はい。店長も心配してましたよ」

そこまでか。我ながら、分かりやすくて恥ずかしい。

「ずっと気になってたことが解決したんだよ」

「卒論とか？」

「ないしょ」

はぐらかす。遥は「えー」とわざとらしく不満げな声を上げながらも、そこから話を広げはしなかった。デリカシーのあるやつだ。さすが俺の惚れた男。

「ところで大河原さん、演劇って観ます？」

話題が別のところに飛んだ。俺は「演劇？」と尋ね返す。

「今週の土曜、知り合いに呼ばれて観に行くんですよ。それであいうのって口コミというか、身内の呼び込みが大きいらしくて、僕も呼べる人がいたら呼んでくれって頼まれてるんです。なので、もし興味あるなら、どうかなと思って」

「場所と時間は？」

「場所は池袋の小劇場ですね。時間は色々ありますけど、僕は午後五時から二時間のやつを観に行く予定です。あとチケット代は三千円です」

三千円。ほとんど興味のない娯楽に払う対価としては安くない。ただ、せっかくの遥からの誘いを断りたくもない。

「じゃあ、行こうかな」

「ありがとうございます。助かります」

「いいよ。これで新山くんも友達にデカい顔できるんだろ？」

「いや、それは……そもそも僕の友達じゃなくて、彼女の友達ですし」

聞き捨てならない単語が飛び出し、思わず眉間にしわが寄った。

「それって、いつか部屋で一緒に映画観たあの子？」

「はい。彼女の友達が演劇をやっていて、それに誘われた形ですね」

「じゃあ彼女も来るの？」

「来ますよ」

やられた。舌打ちを抑え、どうにか状況を打破しようと試みる。

「他人のデートについて行くのはちょっとイヤだなあ」

「じゃあ、別の上演時間のやつにします？」

「いや、一人で行くのはもっとイヤだからそれはいいんだけど……だいたい彼女だってデートに邪魔が入るのはイヤなんじゃないの？」

「いえ。呼べるだけ呼んでくれって言われました」

だろうな。一回会っただけでも分かる。そういうタイプの女じゃない。

「……厳しいですか？」

遥の不安げな視線が俺を射抜く。ああ、どうしてこいつはこうまで俺の劣情を掻き立てるのだろう。チャンスなんてミジンコほどもないのは分かっているのに。

「いや、行くよ。単純に芝居も観たいし」

心にもない台詞を吐く。嘘は得意なんだ。ずっとそうやって生きてきたから。

「そう言ってくれると、嬉しいですね」

遥が微笑む。この笑顔に三千円と二時間。まあ悪くないと思ってしまう俺は、やはりどこかいかれているのだろう。恋なんてきっと、おしなべてそんなものだろうけど。

◆

マンションに帰ると、リュウがソファベッドで眠っていた。

ＨＩＶ感染が判明してから、リュウが俺の部屋に入り浸る頻度が増えた。仕事ができなくなって暇なのかもしれない。そもそもこいつは今どうやって生計を立てているのだろう。お互いに深くは干渉しないでやってきたから、今さら聞きづらい。

ソファに座り、眠るリュウを見下ろす。すべすべした頬が寝息に合わせて動く。こうしてみると本当に幼い。年上で、男娼で、HIV陽性だなんて、まるで思えない。

リュウの薄いまぶたが、うっすらと開いた。

「……おかえり」

「ただいま」

淡々と答える。リュウが身体を起こし、俺に抱きついてきた。

「雅人の夢見てた」

「嘘こけ」

「ほんとだよ。おれがそんな嘘つくと思う？」

「思う」

「ひでえ」

「どんな夢見たんだよ」

「雅人、今日、検査行くって言ってたでしょ。その夢」

リュウの背を撫でていた俺の手が、思わずピタリと止まった。

「どうだった？」

「陰性」

「そっか。良かった。もし陽性だったら、おれ、責任とって結婚しなきゃならなくなるところだった」

リュウの大きな瞳に俺が映る。何を求められているのか、何をするべきなのか、それは分かっている。キスぐらいなら伝染らない。頭では理解できている。

頭では。

「……ビール取って来るわ」

俺は立ち上がり、リビングから廊下に出た。冷蔵庫から缶ビールを二つ取り出し、両手に持ってリビングに戻る。リュウに片方を渡し、自分の缶ビールを開けると、プシュと泡の弾ける音が狭い部屋に響いた。

「俺、今週の土曜、出かけるから」

「どこ行くの？」

「演劇」

「なにそれ。そんなの興味あったんだ」

「ない。騙されたんだよ」

事の経緯をリュウに説明する。話を聞いたリュウは声を上げて笑い、気分よさそうに俺をからかった。

「騙されたっていうか、勝手にハマっただけじゃん」

「そうとも言うな」

ビールを喉に流し込む。炭酸が食道を傷つける感覚が心地よい。リュウがゆったりとした口調で、俺に話しかけてきた。

「ねえ。それって、いつどこでやるの?」

「池袋で、午後五時から二時間」

「チケット代は?」

「三千円」

「まだ空きある?」

「知らない」

「じゃあ、聞いてくれる?」

手にしていたビールを、テーブルに置く。

へらへらと笑うリュウを見やる。いつも通りの態度なのに、どこか違和感があるのはなぜだろう。普段から摑みどころのないやつだから、雲の形が変わっても上手く説明できないように、言葉にならない。

リュウの唇が、大きく開いた。

「おれも行きたい」

3

待ち合わせ場所は、池袋駅の西口広場にした。

俺とリュウが着いた時、遥と三品は先に到着して俺たちを待っていた。丈の長いコートを着こんだ遥に「大河原さん」と声をかけられ、頬がゆるむ。その隣の三品に「お久しぶりです」と声をかけられ、頬がこわばる。一歩下がっていたリュウが前に出て、二人に自己紹介を始めた。

「初めまして。尾上達也です。君が新山くん？」

「はい」

「今日は無理言ってごめんね」

「いえ。こちらこそ、来ていただきありがとうございます」

「雅人から聞いたけど、映画好きなんだって？」

「はい」

「最近の映画でオススメある？」

「『100歳の少年と12通の手紙』とか」

「なにそれ。全然知らない。詳しく教えて」

さすがだ。もう懐（ふところ）に入り込んだ。俺にもあの接客テクニックがあれば、もう少し上手くやれるだろうに。

「大河原さん……でしたよね」

三品がおずおずと俺に話しかけてきた。前に会った時よりかなり大人しい態度だ。あの時は酔っていただけでこちらが素なのだろう。酔っている時の方が人間は本性が出るという捉（とら）え方もあるが。

「わたしのこと、覚えてます？」

「覚えてるよ。あれだけ暴れてたらね」

「そんなでした？」

「覚えてないの？」

「……すいません」

三品がしゅんと肩を落とした。しおらしい様子に少し心を開きかけるが、遥が「コトちゃん、行こう」と声をかけてまた閉ざされる。何がコトちゃんだ。ちょっと彼女だと思って調子に乗るなよ。ちくしょう。

小劇場は繁華街から少し外れた場所にあった。受付にチケットを見せて中に入り、四人分の席を確保するなり、三品が「サトちゃんに会ってくる」と言ってその場を離れる。

俺の左隣に座るリュウが俺を飛び越し、俺の右隣に座る遥に声をかけた。

「彼女、どこ行ったの？」

「劇団にいる友達に会いに行ったんです」

「ああ、その子に呼ばれてたんだっけ。その子と彼女、どういう関係なの？」

「高校の同級生で、演劇部仲間ですね」

「君は違うんだ」

「僕は学校から違いましたね。彼女と出会ったのは高校の時ですけど」

「合コンか何か？」

「違います。なんというか、簡単には説明できなくて……」

「もしかして、君の『能力』に関係あったりする？　人の死が見えるってやつ」

リュウがさらっと「能力」の話に触れた。アンタッチャブルなものだと考えていた俺は目を剝き、遥も驚いたように声を上ずらせる。

「何で知ってるんですか？」

「雅人から聞いた」

遥がこちらをちらりと覗いた。俺は反射的に背筋を伸ばす。だけど遥は俺を咎めることなく、視線をリュウに戻した。

「あれ、本当なの？」

「本当ですよ。そんな嘘ついても仕方ないじゃないですか」

当たり前のように肯定する。初めて「能力」の話を聞いた時と同じように、不自然なほどに自然だ。リュウが開いた右手を自分の胸に乗せた。

「じゃあ、おれはどう？」

「……どういうことですか？」

「今、おれの上に『死』は見える？」

俺は息を呑んだ。リュウの病気のことを知らない遥は、朗らかに軽く答える。

「見えませんよ。尾上さんみたいな若い人がいきなり……なんてこと、そうそうありませんから」

「……ふーん」

俺の陰に隠れるように身を引き、リュウが意味深な言葉を吐いた。

「嘘つき」

リュウが俺を一瞥し、目線を舞台に送った。俺は急に渡されたバトンに戸惑いつつ、同じく戸惑っている遥に声をかける。それから三品が戻ってきて劇が始まるまで、リュウは一言も喋らず、じっと舞台を見つめ続けていた。

◆

公演が終わってすぐ、俺とリュウは遥たちと別れた。

夜はすっかり更けていたけれど、東京の街は少しも眠っていなかった。俺のマンションの最寄り駅に着き、繁華街を離れて路地に入って、ようやく静寂らしきものが現れる。三日月が浮かぶ冬空を見上げ、リュウが呟きをこぼした。

「劇、良かったね」

「そうだな」

「昔のこと思い出しちゃった。おれ、役者志望だったから」

リュウの過去。これまで一度も聞いたことのない話をしながら、リュウが照れくさそうに笑った。

「俳優になりたくて上京して、養成所に通ったり、オーディション受けたりしてたんだ。でも全然ダメ。箸にも棒にもかからなかった」

「お前、顔いいし、行けそうな気がするけどな」

「見た目がいいやつなんかいくらでもいる。そこから抜け出すにはプラスアルファが必要なんだよ。それがおれには無かった」

「例えば？」

「分かるならそれを身につけて俳優になってる。カネとかコネとか、そういうどうしようもないものかもしれないけど」

風が吹いた。リュウがもこもこしたジャンパーから首を伸ばし、凍(い)てつく空気をその身に受ける。

「ただ、生活費を稼ぐために始めたウリの方は、めちゃくちゃ才能あったんだよな。褒められるのが嬉しくて、のめり込んじゃってさ。気がついたら役者になりたいなんて夢、綺麗さっぱり忘れてた。おれ、たぶん役者になりたいんじゃなくて、ただちやほやされたかったんだろうな」

「まだ間に合うだろ」

「間に合わないよ」

「どうして」

「おれが間に合わないと思ってるから」

屁理屈(へりくつ)のような、芯(しん)を捉えているような、上手く嚙(か)み砕けない台詞(せりふ)だった。街灯の光がリュウの頬をぬらりと照らす。

「雅人は将来どうするの？　とりあえず普通に就職はするじゃん。このままノンケのふりして結婚する予定？」

「……分かんねえよ、そんなの」

「そっか。そうだよね。ごめん」

いいよ。そんな簡単な言葉が言えなかった。過去の話も未来の話もしたくない。ひたすら今に甘えていたい。そういう想いが、俺から声を奪う。

　十数メートル先のコンビニから、右手におでんの袋を下げた若い男が出てきた。その隣には同じ歳ぐらいの女。女は好きじゃないから、羨ましいとは思わない。ただ羨ましいと思わない自分がおかしく思えて、居たたまれなくはなる。

「雅人」

　リュウが親指を立て、コンビニを指さした。

「酒買って帰ろう。今日、飲みたい気分」

　奇遇だな。俺もだよ。お前がいきなり変なことを言うから、アルコールで脳を消毒したくなっちまった。

「そうだな」

　コンビニから出てきたカップルが俺たちとすれ違った。談笑するカップルに、俺は今日の遥と三品を重ねる。やっぱり行かなきゃ良かったな。そんな今さらすぎる後悔が、ふと脳裏によぎった。

◆

　元から飲むやつではあったけれど、明らかに異常だった。

開けた缶がテーブルに置かれる時には音が軽い。そういうペースに俺も付き合った。買い過ぎだと思っていた酒はすぐに無くなり、途中で補充に出かけた。マンションのエレベーターで一階まで下りる途中、三階から人が乗ってきたのに合わせて二人とも下りてしまい、俺たちは何をやっているんだとゲラゲラ笑い合った。

「雅人さあ」テーブルの向こうから、リュウが話しかけてくる。「いつまで新山くんにこだわるの？　絶対に無理じゃん、あんなの」

あんなの。小馬鹿(こばか)にするような言い方に、俺はむっと顔をしかめた。

「『同性愛に抵抗はありませんが浮気はよくないので……』とか言ってくるタイプでしょ。ノーチャンだって」

「うっさいな。チャンスがないから諦(あきら)められるってもんじゃないだろ、こういうの」

「確かに。それはそうだ」

リュウが床に大の字になって寝そべった。そして「あー！」と天井に向かって叫ぶ。

「うらやましー。おれもそれぐらい人に好かれたーい」

「お前はモテるだろ」

「身体(からだ)だけだよ。だから感染者(キャリア)だって分かってみんな離れていった。離れていかなかったのは雅人だけ」

言葉が胸にチクリと刺さった。俺は離れなかっただけだ。受け止めたわけではない。

リュウが感染者（キャリア）だと分かってから三か月ほど経（た）っているのに、その間にキスの一つも交わしていない。

「雅人さ、『ブロークバック・マウンテン』、どうだった？」

流れを全く読まない質問。寝そべっていたリュウが、上体をむくりと起こした。

「いきなりなんだよ」

「単純に気になって。おれ、好きだけど嫌いなんだよね。あの作品」

「どっちなんだよ」

「んー、途中まではいいの。でもさ、最後、片方死ぬじゃん。しかもめっちゃいきなり。なんか、そういう風になっちゃうんだなーって思った」

　ふわふわした感想だ。でも、言いたいことは分かる。

「その後、死んだ恋人の実家にいくところが良かったから、それはそれでありかなって感じなんだけどさ。雅人もおれが死んだらあんな風に悲しんでね」

「いつの話だよ」

「すぐかも」

「んなわけあるか。お前だって知ってるだろ。もうＨＩＶはいずれ必ずＡＩＤＳ発症して死ぬような病気じゃない。寿命を全うすることだって難しくないって」

　語気が荒くなる。リュウに寄り添えていない自分を正当化するため、強く生きろと発破をかける。

「お前、遥にも変なこと聞いてたな。あいつの『能力』がガチかガセかは分からないけど、それにしたってそんな簡単に死ぬわけないだろ。自棄になるなって」

俺はリュウから視線を逸(そ)らした。そして大げさな動きでビールを呷(あお)る。どんな表情で放たれたか分からない呟きが、俺の鼓膜を静かに揺らした。

「自棄になるな、かあ」

リュウが立ち上がり、おもむろに歩き出した。俺の傍に来るのかと思ったらそうはせず、ベランダに続くガラス扉の前に立つ。夜の街をガラス越しに眺める背中は細く、神々(こうごう)しいのに頼りない、矛盾した印象を受けた。

カチッ。

錠前の動く音がした。そのすぐ後に、ガラス扉の開く音。暖房で温まった室内の空気が冬風に吹き飛ばされ、俺は乱暴に文句を放った。

「さみいよ」

返事はなかった。リュウがベランダに足を踏み出し、身体が闇(やみ)に紛れて曖昧(あいまい)になる。逆に両耳のピアスは鈍く光り、その存在を強く主張する。

リュウが振り返った。ベランダの手すりに背を預け、泣きながら笑っているような顔を俺に向ける。

「雅人さ、おれが初めて会った時にした質問、覚えてる？」

覚えている。忘れたくても忘れられない。折に触れては思い返し、未(いま)だに答えを探している。

「異性愛者(ノンケ)になる薬があったら飲むか、だろ」

「それ。あの時おれ、飲まないって言ったじゃん。あれ、なし。飲む」

「どうして」

「雅人に会いたくないから」

大人びた声色。

外皮は固く青いまま、中身だけが柔らかく甘くなったような、アンバランスな熟し方。俺が最も強くリュウに惹(ひ)かれたところ。正面から室内灯の光を、背後から月の光を浴びながら、リュウが優しく微笑(ほほえ)む。

「『ブロークバック・マウンテン』でさ、生き残る方が死んじゃう方に『お前のせいでこんな人間になった』みたいなこと言うシーンがあるだろ」

リュウがベランダの手すりに腰を下ろした。ぷらぷらと足を揺らしながら、背中を曲げて夜空を仰ぐ。

「あれ、最初に観た時は意味分かんなかったんだ。人のせいにすんなよ。お前がそういう人間だっただけだろって。でも今なら分かる。出会っちゃいけない人間っているよ。

おれと雅人みたいに」

リュウの身体が、大きくベランダの外側に振れた。何か言わなくては。そんな衝動が芽生える。でも、酔いはすっかり醒めているのに、かけるべき言葉が見つからない。

「危ないぞ」

どうにか一言しぼり出す。リュウがにへらと幼い笑顔を浮かべ、一言、返した。

「ごめんね」

景色が、切り替わった。

移り変わったのではない。紙芝居が次のページに進むように、ベランダの手すりに腰かける青年の絵が、月の光を浴びてぼんやりと輝くベランダの絵に切り替わった。少し待てばまた元の絵が現れるんじゃないか。そう思えるほどに唐突な変化。

外から、悲鳴が聞こえた。

ビールをテーブルに置いて、ふらふらとベランダに出る。ざらついたコンクリートの冷たさを足の裏に感じながら、手すりから身を乗り出す。見てはいけない。分かっているのに、止められない。

群がる人々の視線が俺を射抜いた。彼らの傍には人形がある。脚が、腕が、首が、おかしな方向に折れ曲がった奇妙な人形。肉塊と成り果てたそれを見つめる俺の耳に、地上から声が届く。

「あんたの知り合いか！」

手すりの内側に身体を引っ込める。両手をコンクリートにつき、四つん這いになって胃の中身を吐き出す。やがて吐き出すものがなくなった頃、俺は自分の吐物の横に頭を置き、目を閉じて気を失っていた。

4

リュウは、年下だった。

東北生まれの十九歳。中学卒業後、高校に行かず働き始めるが、十六歳の誕生日に家出して上京。「達也の『たつ』を干支の『辰』に読みかえてリュウなんだよね」と俺に語っていた本名も嘘だった。もっともそれは俺だけではなく、リュウにリュウという源氏名をつけた店も騙されていたらしい。

机と椅子ぐらいしかない殺風景な部屋で俺に事情聴取をした中年の男性刑事は、俺に俺の知らないリュウのことを色々と教えてくれた。そして俺にリュウのことを聞いた。だけど俺は刑事の知らないリュウのことをほとんど知らないらしく、聴取が進むにつれて明らかに失望の色が濃くなっていった。

「飛び降りる直前の彼が言っていたことは、これが全てかい？」

「……はい」

「君と出会わなければ良かったという言葉を、君はどう解釈した？」

「……わかりません」

「そうか」

　刑事がひとさし指を伸ばし、固い机の表面をとんとんと叩（たた）いた。

「君は九月頃、ＨＩＶの感染者（キャリア）であることが分かってから、彼は男娼を辞めたと言っていたな」

「はい」

「それは嘘だ。彼はその二か月前に店を辞めている」

　刑事が頬杖（ほおづえ）をつき、俺に粘着質な視線を送ってきた。

「もちろん店を辞めただけで、個人的に客に会っていた可能性はある。だが、辞めていたことは間違いない」

「……なんで、そんな嘘を」

「わからん。だが、こうは考えられないか。彼は君と人生を共にするつもりだった。君を愛し、君と二人で生きて行きたいと思った。だから男娼を辞め、地に足のついた生き方をしようと試みた。だけど感染者（キャリア）であることが分かり、君と一緒には生きられないと絶望し、そして――」

刑事が眼力を強め、俺は逃げるように目を伏せた。およそ十秒の沈黙の後、刑事が何かを諦めたように息を吐く。

「ところで君は、彼のご家族と会う気はあるかい？」

俺は黙った。会いたいとも、会いたくないとも言えなかった。そんな俺に向かって、刑事がメールアドレスの記された紙切れを差し出す。

「彼のお姉さんの連絡先だ。君と会う前に話をした。君に会いたいそうだ。気が向いたら連絡してくれ」

「……会いたいなら、刑事さんを通して、会いに来ればいいじゃないですか」

「そういうのは出来ないことになってるんだ。すまんな」

俺の人生史上、最も心のこもっていない「すまんな」だった。紙切れを受け取ってデニムのポケットにしまう。その乱雑な扱いを見る刑事の目がやけに寂しそうで、自分がとてつもなく悪いことをしているような気がして、俺は紙切れを財布の中にしまい直した。

◆

リュウがいなくなってすぐ、俺はマンションを引き払って実家に戻った。

元々、実家から大学まで距離はあるものの通えないほどではない。だけど俺が一人暮らしをしたいと言い、オヤジがそれを許し、仕送りを貰ってマンションを借りていた。だからオヤジに「戻ってこい」と言われたら、抗う術はなかった。

大学はもう卒論だけだから問題ない。個人的な付き合いはどうにでもなる。そしてバイトは、辞めることにした。事情が事情なだけに引き止められることもなく、俺は最後に店を出てからすぐ、店長以下バイト先の関係者全員の電話番号とメールアドレスを着信拒否リストに突っ込んだ。

俺がゲイであることは当然、家族にバレた。

男娼を生業にしていた男と半同棲状態になっていて、その男がマンションから飛び降りて自殺した。それだけのことが起きて、隠し通すことは不可能だった。両親だけではなく姉貴や弟にも伝わった。二人とも直接的な話はしなかったけれど、俺に対する態度が明らかにぎこちなくなり、人と話したくない気分の俺にとってそれは少し救いでもあった。

大晦日の夜、家族全員で近所の神社に出かけた。理由はない。紅白を観終わった後、除夜の鐘をついている近所の神社に出向いて年を越し、初詣をして帰るというのが昔からの習わしなだけだ。そして誰も「今年は止めよう」と言い出せなかった。一人だって、家族仲良く初詣なんて気分じゃないくせに。

鐘の音が響く中、コートのポケットに手を突っ込んで夜道を歩く。弟と姉貴とおふくろが話す輪に混ざらず、少し離れている俺に、オヤジが声をかけてきた。

「寒いな」

「そうだね」

「東京は少し暖かかったりするのか？」

「同じだよ。決まってるだろ」

「そうか。人が多いから、その分、熱量も違うのかと思ってな」

「なにその理屈」

「人が多いというのはそういうことだ。何が起こっても不思議じゃない」

オヤジが夜空を見上げた。ゆっくりと歩きながら、独り言のように呟く。

「お前だって、そうなっただろ」

鐘の音が、夜を揺らした。

俺を見ていないオヤジから、俺も顔を逸らす。視線をアスファルトに落とし、規則的に動く自分のスニーカーの爪先を見つめる。見つめているうちに、自分がどうやって歩いているか分からなくなって、足を止めたくなってくる。

——違うよ。

違う。俺はそうなったんじゃない。そうだったんだ。俺が小学生の時によく家に連れて来てた友達のタカヒロ、覚えてるだろ。あいつ、俺の初恋の相手なんだよ。まだセックスのことなんて何にも知らない頃から、男の子とキスしたい、男の子の特別になりたいって、ずっと思ってたんだよ。

「お前に一人暮らしをさせたのは、間違いだったかもな」

お前が生まれたのは間違いだった。そう言われたように聞こえた。煩悩を払う鐘の音が、また一つ、閑散とした住宅街に響いた。

◆

年明け三日目の昼。

弟と姉貴は友達と遊びに行き、おふくろとオヤジも外食に出ていった家に、俺は一人で残っていた。外食には誘われたけれど断った。そんな気分ではなかったし、動けばそんな気分になれるとも思えなかった。

高校のジャージを着て、部屋のベッドに寝そべる。一人暮らしを始める時に持って行かなかった漫画本を読み、話が頭に入ってこないのを確認して棚に戻す。今の俺は「いっぱい」なのだ。溜まっている澱を吐き出さないと新しいものを入れられない。だけどこの感情を吐き出す先が、どこにも見つからない。

インターホンが鳴った。

家に誰もいないことを思い出し、のろのろと起き上がる。二階から一階に下りる間にもう一回音が鳴り、舌打ちがこぼれた。乱雑な手つきで玄関の鍵を開け、扉を勢いよく開く。

そして、固まる。

「あけましておめでとうございます、大河原さん」

紺色のコートを着込み、グレーのマフラーを巻いた遥が、目の前でにっこりと笑った。そして呆ける俺を意に介すことなく、マイペースに話を続ける。

「ご家族はいらっしゃらないんですか？」

「……出かけてる」

「そうですか。なら、ちょうどよかったです。上がってもいいですか？」

「……いいよ」

扉を開き、遥を家に招く。リビングか、自分の部屋か。少し迷って、部屋に連れて行った。脱いだコートとマフラーをハンガーにかける遥に、ベッドの縁から声をかける。

「どうしてここが分かった？」

「店長に聞きました。マンションは引き払ってるし、電話もメールも着拒されてたから、会うにはこれしかなくて」

「個人情報……」

「僕が無理やり聞き出したんです。僕のところにも警察の人が来たので、その件でどうしても話がしたいって」

遥が、ゆっくりと俺の方を向いた。

薄暗い部屋の中で、タートルネックのセーターに包まれた細い身体が強い存在感を放つ。気圧されている自分を感じる。心の内側まで覗かれそうなプレッシャー。リュウを前にした時のそれに、少し似ている。

「死の間際、尾上さんに会った人間として、気づいたことがあったら教えてくれと。僕だけじゃなくて、彼女も話を聞かれました。だから僕は大河原さんの身に起こったことをだいたい知っています」

「……だから、それで、何しに来たんだよ」

「分かりません」

俺は「はあ？」と威圧的な声を上げた。遥は、ひるまない。

「分からないけれど、会って大河原さんと話がしたいと思ったんです。僕の『能力』の話はしましたよね？」

「ああ」

「僕はあの能力を使って、たくさんの『死』を見てきました。そして『死』が見えてしまった人と話して、時にはその人に『死』を教えてきました。それは、エゴです。でも僕は見えてしまったものを、無かったことにして無視することはできなかった」

声に揺らぎがない。絶対の自信があることを語っている証拠。

「今ここにいるのも同じです。大河原さんに起こったことを知ってしまって、無視できないと思ったから、僕のエゴでここにいます。だから大河原さんがそんなエゴは要らない、帰ってくれというならば、僕は帰ります。だけどそうじゃなくて、何か僕にできることがあるなら……力になりたい。そういうことです」

背筋をピンと伸ばし、遥が俺を見据える。理屈を超えたところで分かる。遥は本当に「能力」とやらを持っていて、本当に「死」が見えた人間と何度も話をしてきたのだろう。自分と世界を信じている。それが伝わる。

——イラつく。

「できること、ねえ」

自嘲(じちよう)気味に呟き、俺はベッドから下りた。そして遥の正面に立ち、右手を左頬に添える。思っていた以上に滑らかな肌質と、急に触れられて戸惑う遥の表情が、俺の嗜虐(しぎやく)心に火をつけた。

「じゃあ、抱かせろ」

俺は、両手で遥の両頬を押さえ、唇に唇を重ねた。

柔らかい感触。湿った吐息。淫靡な雰囲気に呑まれ、俺の下半身に熱が集まる。本当に俺はどうしようもないやつだ。俺を好いていた男を見殺しにし、そして今度は俺が好いている男を、力ずくでものにしようとしている。

遥が両手で俺の胸を押し返そうとした。すかさず俺はその両手首を掴み、遥を床に押し倒す。仰向けに倒れた遥の上に馬乗りになり、両手を床に押し付けると、自然と陰険な笑みがこぼれた。

「俺、お前を犯したら、自殺するよ」

もがく遥の抵抗が、少し弱まった。

「どうだ？　俺の『死』は見えるか？　見えねえよな。あいつの『死』も見えなかったもんな。自殺は見えねえんだろ？」

厭らしい口調で問いかける。遥が顔を横に逸らし、ボソボソと呟いた。

「……って言ったら」

「あ？」

「あの人の『死』も見えてたって言ったら、大河原さんはどうしますか」

鳩尾に、強い衝撃が走った。

俺の動揺に付け入り、抑え込みから抜けた遥が、右の拳を俺の急所に叩き込んだ。およそ遠慮というものが微塵も感じられない一撃を受け、俺は鳩尾を押さえて転がる。うずくまる俺をよそに、遥が立ち上がってふうと大きなため息を吐いた。

「見えませんよ」

俺は腹をさすりながら、遥を見上げた。

「僕の能力は、自殺は見えません。だから当然、大河原さんにも何も見えてません。無茶苦茶しないで下さい」

「……悪い」

「いいです。それより、どうします？」

「どうするって？」

「僕にできることはあるんですか？」

遥は、笑っていた。

大人が悪戯小僧に向ける、どこか呆れたような笑顔。お前を見捨てないというメッセージが雄弁に伝わる。ついさっき、俺に強姦されかけたばかりだと言うのに。

——ああ。

俺は、それができなかった。あいつを背負うのが怖くて視線を逸らした。だけどお前は違う。俺を突き放さないで、傍に居てくれる。

ありがとう。俺の惚れた相手が、俺みたいなやつじゃなくて良かった。

「ある」

俺は立ち上がり、力強く言い切った。

「手伝ってくれ」

5

東京から新幹線に四時間乗り、そこからさらに在来線で一時間ほど行ったところに、リュウの生まれ故郷はあった。

電車を降りるなり刺すような冷気に襲われ、俺は首をすくめてコートの襟を立てた。

続けて降りてきた三品が、自分で自分を抱くジャスチャーをしながら大きな声を上げる。

「寒っ！」

「雪国だからね。僕もここまで寒いとは思ってなかったけど……」

「カイロ使おうかな。遥くんも要る？」

「準備いいね」

「わたし、冷え性だから」

三品がハンドバッグから携帯カイロを取り出して遥に渡した。続けて「大河原さんも要ります？」と俺にカイロを差し出す。俺は「ありがとう」とカイロを受け取り、揉みほぐしてコートの内ポケットに入れた。

駅は無人駅だった。小さな木箱に切符を入れて改札を抜け、一時間に何本も来ない電車を待つために用意された待合室に入る。重たいガラス扉を開けると、遥はそのまま奥のトイレに向かい、残された俺と三品は無人の待合室に並ぶ長椅子の一つに腰かけた。

「大河原さん」カイロを両手で揉みながら、三品が話しかけてくる。「なんでお前がいるんだよ、って思ってません？」

「……別に」

「無理しないでいいですよ。わたしも誘われた時、『なんでわたしも行くの？』って思いましたもん」

「じゃあ断りなよ」

「断りました。でも遥くんがどうしてもって言うから」

「なんで」

「さあ。二人きりになって、また襲われたら困るからじゃないですか？」

不意打ちを食らい、俺は言葉を奪われて固まった。三品がカイロをチノパンのポケットにしまう。

「許可なく人の彼氏に手を出さないで下さい。遥くんに『他の人とキスした。ごめん』ってすごい謝られました」

「……大事なの、そこなの？」

「そこみたいです。遥くん、感性が独特だから。ちょっと欠けてるというか」

三品が髪をかき上げ、寂しげに目を細めた。

「遥くん、もう十年ぐらい泣いてないんですよ。十歳の時に一生分泣いて、それから泣けなくなっちゃったんですって」

「一生分泣いたって……なんで？」

「交通事故で両親と妹を亡くしてるんです。泣いた理由はどうも、それだけじゃないみたいですけど」

三品がちらりと奥のトイレを見やった。声量が少し下がる。

「自覚的かどうかは分からないんですけど、映画を観たり、人の『死』に関わったり、欠けたものを埋めようとしてるんだと思います。もしかしたら大河原さんにも、自分に近いものを感じてるのかも」

「俺と遥が近い？」

「はい。これ、大河原さんには失礼かもしれないんですけど、自分が『こういう風に』生まれた意味を探しているというか……」

こういう風に生まれた意味。望んだわけでも、目指したわけでもない、神から強引に押し付けられたものとどう向き合うか。

「……かもな」

待合室のガラス扉が、開く音がした。

音に反応して、入口の方を向く。ファーのついた白いジャンパーを着込んだ、ロングヘアの女と視線がぶつかった。女は真っ直ぐ俺の前まで来ると、隣の三品をちらりと見やってから、また俺に向き直る。

「大河原さんですか？」

「はい」

「よかった。遅れてすいません」

細い腿に手を当て、女が深々と頭を下げた。

「私が、あなたがリュウと呼んでいた男の姉です」

◆

リュウの姉が運転する車に乗り、俺たちは駅を離れた。

姉が言うには、リュウの遺骨は墓に入れず、細かく砕いて海に撒いたそうだ。そうした理由は、そうするしかなかったから。家出したリュウの捜索願を出すことすらしなかった両親が、遺体を引き取って葬儀を行うことを嫌がったため、結婚して両親とは絶縁状態にあった姉が全てを引き受けたそうだ。ただし墓を買う金は用意できず、嫁ぎ先の墓に入れるわけにもいかず、遺骨は海に撒くことにしたらしい。

「泳ぐのが好きな子だったから、きっと、喜んでくれると思いました」

ハンドルを握りながらそう語る横顔は悲しげで、それでも本当は墓を用意したかったと物語っていた。俺は助手席で口をつぐむ。バックミラーに映る遥と三品も同じように、視線を下げて息苦しそうに黙っていた。

やがて、リュウの遺骨を撒いたという場所に辿り着いた。サスペンスドラマのクライマックスに使われそうな、海を望む切り立った崖。その縁に立ち、海風を受けながら両手を合わせ、目をつむって祈りを捧げる。

――リュウ。

お前のために祈りを捧げる資格なんて俺にはないと思うけど、来させてもらったよ。お前には悪いけど、なんか寂しい町だな。お前が家を出たのも分かる気がする。ここには可能性がないと思ったんだろ。可能性に溺れてしまうより、ここにいた方が良かったのかもしれないけれど。

目を開く。薄い雲に覆われた空と、果てなく続く水平線が視界に収まる。リュウの姉が俺の傍に来て、しずしずと頭を下げた。

「お墓参り……とは少し違いますけれど、来ていただきありがとうございます」

「いえ。こちらこそ、呼んでいただきありがとうございました」

「私があの子にしてやれることなんて、これぐらいですから。あの家で、自分が生き残るのに精いっぱいで、忘れたことなんてないのに忘れたふりをして……」

あの家。生き残る。不穏な言葉が不穏な過去を想起させる。もしかしたらそこにリュウを知る鍵があるのかもしれない。だけど、尋ねることはできない。

「あの男性は、大河原さんの好きな方なんですよね」

黙禱（もくとう）を捧げる遥と三品を見やりながら、リュウの姉が尋ねる。俺は首を縦に振った。

「はい」

「なぜ今日、連れてこようと思ったのですか？」

「来てくれれば心強いと思った。それだけです。弟さんはもしかしたら、来て欲しくなかったかもしれませんが」

「そうですね。あの子、飄々（ひょうひょう）としているように見えて、嫉妬（しっと）深いから」

リュウの姉がくすくすと笑った。その子どもっぽい笑い方に、俺は在りし日のリュウを重ねる。さすが姉弟だ。思い出してしまう。追いつめられてしまう。

「その嫉妬が」言うな。「弟さんを、殺してしまったのでしょうか」

許されたい。

そんなことはない。お前は悪くないと言って欲しい。そういう想いがあふれ、止めるべき言葉を止められなかった。どうして俺はこうなのだろう。自分で自分がイヤになる。

「――私、大河原さんに渡さなくてはならないものがあるんです」

リュウの姉がジャンパーのポケットに手を伸ばし、細長い封筒を取り出して俺に渡した。ぺらぺらと薄い。中に何か入っているとしても、紙がせいぜい一枚か二枚。

「これは？」

「弟の、死の真相です」

手の中から、封筒が滑り落ちそうになった。

「元々、私があなたに会いたかったのは、弟がなぜ死んだのか知りたかったからです。でも弟の遺品からその封筒の中にあるものを見つけ、事件を調べていた刑事さんに詳しい話を聞いて、その答えは出ました。だから次は、あなたが知ってください」

「遺書ですか？」

「何も言いません。心の準備ができたら、開けてください」

冷たい海風が、俺たちの間を勢いよく駆け抜けた。風に飛ばされそうになった封筒を、慌(あわ)ててコートの内ポケットにしまう。リュウの姉がたなびく髪を押さえ、目を細めて海の方を見やった。

「怒ってるのかな」

「え？」

「海にいるあの子が『バラすな』と言っているように思えて。でも、ダメ。あなたには知る権利がある。あの子がなにを考え、なにを想い、なぜ死んだのか」

海を見つめる姉の瞳（ひとみ）から、つうと涙がこぼれ落ちた。震える声で、自分に言い聞かせるように呟く。

「本当、バカな子」

◆

リュウの遺骨を撒いた海を離れた後、俺たちは駅に戻った。

町は寂れていて観光という雰囲気ではなかったし、俺たちもそういう気分ではなかった。滞在時間およそ一時間。失われた命と向き合うための旅は、きちんと向き合えたかどうかも分からないまま、あっという間に終わりを告げた。

駅前でリュウの姉と別れた俺たちは、まだしばらく来ない電車を待つため、来た時と同じように駅の待合室に入った。そのうち、ちらほらと雪が降ってくる。三品が外を見やりながら、心配そうに遥に話しかけた。

「電車、動くかな」

「大丈夫だよ。雪国の電車なんだから」

「何か違うの？」

「線路や車両に色々な機能がついてるって聞いたことある。あと田舎の路線は本数が少ないから、先行車両とぶつかることも少ないし――」

他愛のない会話を聞きながら、俺はリュウの姉から貰った封筒を取り出した。つるつるした表面をぼんやりと眺め、手持ち無沙汰に撫でる。

「それ、なんですか？」

遥が話しかけてきた。俺は封筒を撫でる手を止める。

「さっきのお姉さんから貰ったんだ。あいつの死の真相がここにあるって」

遥と三品が、二人そろって目を見開いた。

「なあ。君は、死にたくなったことってある？」

問いかける。遥の瞳がほんのわずか揺らいだ。細く息を吸い、輪郭の濃い声を放つ。

「あります」

三品がさっと目を伏せた。――悪い。もう少し続けさせてくれ。

「どういう時、人は死にたくなると思う？」

「人によると思います。僕の場合、何もかもどうでも良くなった時でした」

「そっか。じゃあ――」

「でも僕は今、生きてます」

力強く放たれた言葉が、俺の台詞を遮った。

「死んでもいいと思うことと、死んでしまうことは違います。僕は自分の能力で、たくさんの『死』を見て、告げてきました。でもその中に、どうせ死ぬのならば今すぐに死んでしまおうという人は、一人もいなかった。『死』を受け入れることと、それを自分に手繰り寄せることは違うんです。だから」

遥がひとさし指を伸ばし、俺の持つ封筒を示した。

「その中には、その差を埋めるものがあるんだと思います。大河原さんの傍にいられないだけではなく、傍にいたくないと思ってしまった理由が」

死を手繰り寄せ受け入れた原因。傍にいたくないと思った理由。その正体は――

「――考えてもしょうがねえか」

糊付けを剝がし、封を開く。

封筒の中には、細長く折りたたまれた紙が収まっていた。紙を開き、表面に印刷された文字を読む。これは――

「検査結果？」

横から紙を覗き込み、三品が不思議そうに呟いた。間違いない。これはＨＩＶ検査の結果だ。俺も似たものを持っている。この紙と違い、「陽性」の文字はどこにも記されていないけれど。

――どういうことだ？

これが真相だというならば、状況は何も変わっていない。ＨＩＶの感染が判明し、ショックを受けて自殺した。それだけだ。俺たちは考えすぎている。リュウの姉は、そう言いたいのだろうか。

「大河原さん」

遥が、いやに真剣な表情で俺を呼んだ。

「大河原さんが亡くなった彼の感染を知ったのは、僕と出会った後ですよね」

「ああ。一緒に映画を観た日だよ」

「ここ、見て下さい」

遥がひとさし指を紙の左上に乗せた。桃色の爪の先に記されているものは、検査結果が発行された日付。二〇一〇年。

七月。

「……は？」

おかしい。俺がリュウからＨＩＶの話を聞いたのは九月だ。でも実際は、七月の時点でリュウは自分が感染していることを知っていた。じゃあ――

じゃあ、その間の二か月は――

「そうか……」

囁（ささや）くような声で、三品が事の真相を口にした。

「伝染そうとしたんだ」

立ち上がり、待合室を飛び出す。

後ろで遥が「大河原さん！」と叫んだ。俺はそれをまるっきり無視して、検査結果を握りしめてがむしゃらに走る。海へ。あいつがいる、海の方へ。その言葉だけを頭の中で繰り返し、雪の降る寂れた町をひたすら走り続ける。

やがて凍った地面に足を取られ、俺は前方につんのめって転んだ。鉄の板で殴られたような衝撃が全身を走り、内臓がびりびりと痺れる。俺は白い息を吐きながら上体を起こし、灰色の雲に覆われた空に向かって叫んだ。

「ふざけんなよ！」

雪の結晶が、俺の声に応えて、まるで生き物のように躍った。

「一緒に生きてえなら、そう言えよ！　同じ病気にして一蓮托生とか、セコいこと考えてんじゃねえ！　俺が――」

怒号と共に、俺のまなじりから涙がこぼれ落ちた。

「俺がそんなんで、お前を見捨てるとでも思ったのかよ！」

思ったのだ。

自分がＨＩＶの感染者であることを知ったリュウは、俺がそれを知ったら離れていくと思った。だから俺も感染者にして、運命共同体となって、一緒にいようと画策した。

七月の時点で男娼を辞めていたのは、刑事が言ったように地に足をつけた生活をしようとしたからではない。客に伝染ってしまう可能性があるからだ。

だけど俺はリュウを突き放さなかった。自身が陰性だと分かってなお、自棄になるなと前向きな言葉をかけたりした。リュウにはそれが耐えられなかった。汚い手段を使って陥れようとした相手が自分のことを心配している。それが良心の呵責を生み、俺の傍にいられないという諦観は、俺の傍にいたくないという拒絶に変わった。

俺はリュウに寄り添えなかったのではない。

寄り添い過ぎたのだ。

視界がぼやける。頬に落ちた雪が、涙で流されてアスファルトに落ちる。昏い空にリュウの幼い笑顔が浮かび、寒さで凍り付いた耳に、最後の最後にかけられた言葉が蘇った。

——ごめんね。

両手で顔を覆う。暗闇の中で静かに一人むせび泣く。やがて頭の後ろから「大河原さん！」と遥の声が聞こえ、俺は涙を拭い、ゆっくりと二本の足で立ち上がった。

6

一月末。俺は卒論を提出し、かつてバイトしていたレンタルビデオ店に出向いた。洋画の棚から『ブロークバック・マウンテン』を抜いてレジに持って行く。レジに立っていた遥が、久しぶりに会う俺を見て唇を綻ばせた。差し出されたパッケージを眺め、遥が小さく首を傾げる。

「これ、また観るんですか？」

「ああ。なんか観たくなって」

「レンタルじゃなくて、買えばいいじゃないですか」

「手元には置きたくないんだ」

「……そうですね」

遥がてきぱきと会計処理を進める。支払いが終わり、ＤＶＤの入った袋を受け取りながら、俺は遥に声をかけた。

「なあ。今日バイト終わった後、暇か？」

「暇ですけど……どうして？」

「飲みに行かないか。色々、話したいことがあるんだ」

「分かりました。終わったら連絡すればいいですか？」

「そうだな。そうしてくれ」

背後に別の客が来た。俺は「じゃあ」とレジから離れ、そそくさと店を出る。くすんだ色の冬空を見上げながらしばらく歩き、人気のない裏通りに入って、コートのポケットから携帯を取り出して電話をかける。

「もしもし」

「もしもし。大河原です。覚えてるかな」

「ああ、大河原さん。お久しぶりですー」

電波に乗って、明るい声が耳に届いた。俺は軽く咳払い(せき)をし、電話の相手――三品に告げる言葉を放つ準備を整える。

「君に言いたいことがあるんだ」

「なんですか？」

「今日、遥に告白する」

無言。

三品からの返事はなかった。沈黙の中、心拍数がどんどん上がっていく。何でもいい。何か言ってくれ。その祈りは叶(かな)うことなく、根負けして、こちらが先に口を開いた。

「許可なく手を出すなって言ってただろ。だから、許可を貰おうと思って」

「はあ……ところでそれ、わたしが許可を出さなかったらどうするんですか？」

「無許可でやることになるな」

「じゃあ聞く意味ないじゃないですか」

「けじめだよ。分かるだろ」

「分からなくもないですけど……」

三品が言葉を濁した。だけどすぐ、吹っ切れたように調子が軽くなる。

「まあ、いいか。好きにしてください。ただ、できればフラれた後も、遥くんの友達でいてくださいね。遥くん、友達少ないので」

「フラれないかもしれないだろ」

「フラれますよ。遥くんが好きなのは、わたしですから」

手厳しい。愛されていることへの自信に満ちていて、同性に興味はないからフラれるという言い分より納得してしまう。

「――ま、やってみないと分からないからさ」

強がりを示す。それから少しの間だけ話して通話を切り、俺は携帯をコートのポケットにしまった。さあ、もう後には退けない。俺は両手で頬をぴしゃりと叩き、「よし」と声を出して自分を奮い立たせた。

◆

夜、遥から電話があった。

俺は先に居酒屋に入り、一人で中ジョッキのビールを飲んでいた。「何か頼んどく？」と尋ねたら「ハイボール」と返って来たので、電話を切ってから注文用の電子端末でハイボールを頼んでおく。数分後、立てつけの悪い個室の引き戸を開けて現れたのは、遥ではなくハイボールを持った店員だった。

ハイボールのグラスを正面に置き、ビールを飲む。向かいの席は無人なのに、そこに酒が置いてあるだけで、誰かと飲み交わしているような気分になる。俺は目をつむり、暗闇の中でイメージを固めてから、ゆっくりとまぶたを開いた。

『やあ』

幼い笑顔。俺はビールを一口飲み、幻に笑い返す。

『告白するんだ』

『するよ』

『おれが生きてる間にやって、さっさとフラれてくれれば良かったのに』

『そうだな。たぶん、それが正解だった』

『そうしたら雅人、おれのところに来た？』

『分からない。また別の誰かを好きになったかも』

『マジかよ。めんどくせー』

『俺もそう思う』

最後の夜の感覚がぼんやりと蘇る。無くなった酒を補充しに外に出て、途中の階で止まったエレベーターを勢いで降りてしまい、近所迷惑になりそうなぐらいの大声でけらけら笑いあった。そういう思い出が、頭の中をぐるぐると駆け巡る。

『雅人』

『ん？』

『異性愛者(ノンケ)になる薬があったら、飲む？』

幻が消えた。

誰もいない座席と、減っていないハイボールを見つめる。俺は両肘(ひじ)をテーブルにつき、組んだ手の上に顎(あご)を乗せた。アルコールの回り出している頭を懸命に働かせ、真剣に、真摯(しんし)に、人生と問いかけに向き合う。

異性愛者(ノンケ)になる薬があったら飲むか。

俺は——

個室の引き戸がガタガタと揺れる。——せめて、優しくフッてくれよ。そんなことを考えながら俺は、今から現れる男になるたけ明るく声をかけるため、背筋を伸ばして静かに呼吸を整えた。

第四幕　二十四歳、『STAND BY ME ドラえもん』

「最初の贈り物は、
君が生まれてきてくれたことだ」

――二〇一四年公開、『ＳＴＡＮＤ ＢＹ ＭＥ ドラえもん』より

1

わずかに関西訛りを感じる車内アナウンスが、降車駅への接近を告げた。

スラックスのポケットからスマートフォンを取り出し、待ち合わせ相手に「そろそろ着く」とメッセージを送る。すぐに「もう着いとる」と返事が届いた。スマートフォンをポケットに戻し、隣に座る妻の琴音に声をかける。

「勝平、もういるって」

果実のように膨れた腹を撫でていた琴音が、手を止めて僕の方を向いた。小さな車窓から流れ込む日光を受けて、頬がきめ細かく輝く。

「美奈子さんと果林ちゃんもいるんだよね？」

「さあ。聞いてみる？」

「いいよ。どうせすぐだし」

電車がスピードを落とした。四両編成の車両が生み出す弱々しい慣性を感じながら、荷物を詰めたキャリーバッグが転がっていかないよう足で押さえる。やがて走行が止まり、僕は琴音の手を引き立ち上がって、東京の電車にはついていない扉の開閉ボタンを押して電車を下りた。

駅舎を出ると、ロータリーの端に見覚えのある青色のワゴン車が停まっていた。勝平が運転席の窓から半身を乗り出し、漁師稼業で日に焼けた浅黒い腕を振る。

「おーい！　こっちや！」

張りのある声が、真夏の蒸し暑い空気を揺らした。ワゴン車に歩み寄り、キャリーバッグをトランクに入れてから車に乗り込む。僕は助手席、琴音は後部座席。

二列ある後部座席の後列にはチャイルドシートが取り付けてあり、そこには今年で三歳になる勝平の娘、果林ちゃんが座っていた。その隣には勝平の妻であり、果林ちゃんの母親の美奈子さん。美奈子さんが僕と琴音にまとめて声をかけた。

「二人とも、元気しとった？」

「おかげ様で」

「元気ですよー。こんなんですもん、ほら」

琴音がマタニティワンピースの上から、腹をポンと叩いた。美奈子さんが小さく笑う。

「何か月？」

「八か月です。予定日二か月前」

「じゃあもうお腹蹴っとるやろ」

「蹴りまくりですよ。破けるーって感じ」

「元気ええなあ。何よりや」

女同士の賑やかな会話が続く中、勝平が車を発進させた。フロントガラスを見据えながら、僕に話しかけてくる。

「嫁さん、連れてきて大丈夫なんか？」

「……止めたんだけど、どうしてもって言うから」

バックミラーに目をやり、後部座席の妻二人を見やる。初めて琴音をこの街に連れて来てから三年。僕に合わせて一年に一回しか来ないから、回数で言うとまだ四回目だ。勝平たちは結婚式に出席してくれたから会うのは五回目だけど、それにしてもよくそんな数であそこまで仲良くなれるものだと、人見知りしない性格を素直に尊敬する。

ワゴン車が海沿いの道に出た。水鏡が強い日差しを跳ね返す中、勝平がサンバイザーを下げた。海と山に挟まれた辺鄙な田舎町の人口は驚くほど少なく、だけど公共交通機関がろくに発達していないから、車の往来はそれなりにある。そしてすれ違う車の運転席に乗っている人間は、やはり老人が多い。

老人を目にすると、脊髄にピリッと小さな痺れが走る。そしてぷかぷかと宙に浮かぶ水球をイメージしながら相手の心臓近くを見やり、そこにそれがなければ安堵し、あれば覚悟を決める。十歳の時に交通事故で両親と妹を失い、この街であの人と会ってからずっと、僕はそうやって生きて来た。

新山伊代。僕から見て祖父の妹、大叔母にあたる人。

僕と同じ、「死」を見る能力の持ち主。

今日でその人の墓参りも、とうとう十四回目になる。

◆

山あいの墓地に着くと、蝉の大合唱が耳をつんざいた。

都会とは違う喧騒が、心地よく鼓膜に沁みる。僕たちは線香を買うため、まずは墓地を管理しているお寺に向かった。毎年顔を合わせている住職さんに琴音の妊娠を告げると、しみじみと「遥くんも大きくなったねえ」と言われ、気恥ずかしさを覚える。

線香を買った後は水場で墓洗いの準備を整える。水場を離れてすぐ、果林ちゃんが勝平の持っている水の入った桶を持ちたがり、僕は笑ってしまった。「大人ばっかり木桶を持ってズルい」なんて感情、今の僕からは何をどうしたって絶対に出てこない。

ぞろぞろと墓地を歩き、目指していた墓の前まで来た。人の入れ替わりが少ない土地だから同じ苗字の墓石がいくつも建っているけれど、「新山」は他に一つもない。だから毎年この墓を見ると少し特別感がある。

「さて、やっか」

　勝平が肩を鳴らし、墓石周りの草むしりを始めた。僕も同じように生え散らかった雑草を根っこからむしり取る。数年前まではこんなに雑草は生えていなかった。あの人に所縁のある人たちが、定期的に墓参りに来てくれていたから。来なくなったのは、来られなくなったからだろう。人は死ぬ。誰でも、同じように。

　草むしりが終わる頃には、薄いシャツにだいぶ汗がにじんでいた。続けて柄杓を使って水を墓石にかけると、果林ちゃんが「かりんもやる！」と自己主張を始めた。勝平に抱っこされ、ぷくぷくしたほっぺたを膨らませて誇らしげに墓石に水をかける果林ちゃんを眺めながら、琴音と美奈子さんが言葉を交わす。

「果林ちゃん、かわいいなあ」

「かわいいとこしか見てへんからやって。大変なんやで」

「そうなんですか？」

「そや。琴音ちゃんも今のうちに準備しとき」

「準備？」

「旦那の調教。まあ、遥くんは大丈夫やろうけど」

　話がこちらに飛び火した。果林ちゃんを下ろした勝平が会話に加わる。

「俺も手伝っとるやろが」

「ぜんぜん足らんねん、アホ」

　軽口を叩く勝平たちに苦笑いを浮かべながら、僕は雑巾で墓石を磨いた。一通り拭き終わった後は火をつけた線香を皆で分ける。一番手は当然、僕。香炉に線香を置き、両手を合わせて目をつむる。

　――ばあちゃん。

　僕もいよいよ、人の親だよ。あの時ばあちゃんに会えていなかったら、僕は今こうやって人生を謳歌できていたか本当に分からない。だから毎年言っているけど、今年も言うよ。本当にありがとう。

　でも――

　ばあちゃんが、いつか分かると言っていた能力の意味は、まだ分かっていない。

　まぶたを上げる。眩い陽光が眼球を貫き、虹彩が絞られる。それから琴音、勝平、美奈子さんが後に続き、最後に果林ちゃんが線香を一本だけちょこんと香炉に置いて、小さな手をパンと合わせて舌足らずな声で叫んだ。

「おみかんがほしいです！」

　その場の大人、全員が笑う。きょとんと僕たちを見やる果林ちゃんの目は、まるで宝石のように美しかった。

墓参りを終えた僕たちは、勝平の実家に向かった。

琴音と来る前は養父母と来てホテルに泊まっていた。だけど琴音と来るようになってからは、勝平が実家に泊めてくれるようになった。高校を卒業してすぐ漁師として働き出した勝平は、大学に進んだ僕より一足先に大人になっていて、僕たちが来るたびに色々と面倒を見てくれる。ありがたいと思う反面、少し焦りも覚える。

勝平の両親はいつものように僕たちを温かく迎えてくれた。二階にある畳張りの空き部屋に荷物を置き、勝平の祖父母を祀っている仏壇に向かう。祖母は僕が初めてこの街を訪れた時にはもう亡くなっていた。だけど、祖父の方は違う。生前の精悍な顔つきを思い返しながら、線香と黙禱を捧げる。

焼香の後は空き部屋に戻り、夕飯まで休むことにした。例年ならもう少し早く来て、観光に出かけているのだけど、今は琴音が妊娠八か月だ。無理をするわけには行かない。

部屋の窓から外を見やる。右側に海、左側に山が広がるのどかな景色に目を奪われる。

琴音が壁に背を預けながら、部屋をぐるりと見回して呟いた。

「来るたびに思うけど、こんな広い部屋が余ってるの、東京じゃ考えられないよね」

「土地の値段が全然違うからね。まあ、そのうち果林ちゃんの子ども部屋になるみたいだから、余ってるのは今だけだけど」

「わたしたちも将来はこっちに家買って引っ越そうよ」

「仕事ないよ」

「分かってる。言ってみただけ。——あ」

琴音が小さな呻き声を上げた。僕は慌てて声をかける。

「どうしたの？」

「何でもない。お腹蹴られただけ。正確には膀胱ねじられたって感じだけど」

「そんなことするの？」

「よくする」

「悪いやつだな」

「出て来たら叱ってやって、パパ」

悪戯っぽく呟きながら、琴音が自分の腹を撫でた。あの中に僕の子どもがいる。僕はパパになる。他の命を、背負う存在になる。

「遥くん」

「——なに？」

「今日お墓参りをした遥くんの大叔母さんは、遥くんと同じ能力を持ってたんだよね」

「うん」

「能力に目覚めた遥くんはその人に会って、力の使い方を教わったんだよね」

「教わったっていうか、その人と出会って感じたことを、僕が勝手に教訓にしてる」

「その辺の詳しい話、わたし、まだ聞いてないんだけど」

畳から上るい草の香りが、少し強くなった気がした。琴音が申し訳なさそうに、僕から視線をわずかに逸らす。どちらかというと悪いのは、話さない僕の方なのに。

「そろそろいいかなーって思うんだけど……まだ話したくない？」

琴音が上目づかいに僕を見やった。僕はひとさし指で首を掻く。

「別に話したくないわけじゃないよ。ただ……」

「ただ？」

「上手く話せる自信がないんだ。僕はまだ、あの人の言っていたことを、心の底から理解していない気がする」

いずれ分かると、ばあちゃんは言った。

僕の能力、どうすることも出来ない「死」をただ見るだけの力の意味が、いずれ分かる日が来ると。だから僕は力を無視して腐らせることなく、僕なりに正面から付き合ってここまでやってきた。だけどその日は、まだ来ていない。

「つまり話さなかったんじゃなくて、話せなかったってこと？」

「そう。ただ最近は、それもちょっと違うような気がしてる」

「どういう意味？」

「自分一人では分からなかったことが、誰かに話すことで分かるようになる。そういうのもあるんじゃないかなって思うんだ。だから、今はやっぱり言葉がまとまらないんだけど、落ち着いたら話すよ。もう少しだけ待って。ごめん」

頭を下げる。琴音が目を細め、どこか呆れたように笑った。

「じゃあ、この子が生まれて来たら教えて」

「そんな先でいいの？」

「いいよ。出産の楽しみにする」

「……分かった。ありがとう」

笑い返そうと思う必要もなく、僕の口元もいつの間にか緩んでいた。迷いはある。だけど今はまず、目の前のこの人を守ろう。心の底からそう思えた。

2

夕飯は、勝平たちが豪勢な料理を用意してくれた。

例年は漁師の家だけあって刺身が多かったけれど、今年は琴音が妊婦だから生魚は控え目だった。代わりに煮物や焼き物、あとは山菜を使った料理が多い。琴音は差し出された料理をよく食べ、「お腹の子が食べたがってるんです」と言って皆を笑わせた。少食の僕はもっぱらお酒の方を嗜み、勝平や勝平のお父さんと会話に華を咲かせた。

やがて食事が片付き、ちびちびと酒を飲むだけになった頃、勝平が「海に行こう」と僕を外に誘った。僕は誘いに乗り、勝平と二人で缶ビールを手に外に出る。首を曲げて夜空を見上げると東京では考えられない数の星が瞬いていて、僕は口からアルコール混じりの熱っぽい吐息を漏らした。

「何度見ても、この星空はすごいね」

「そうか？　俺にはよう分からんわ」

「ずっとここに住んでるからだよ。綺麗だとは思うだろ？」

「んー、沖に出ればこんなもんちゃうからなあ」

「それは比較対象が反則」

駄弁りながら歩いているうちに、海に着いた。暗がりにぼんやりと浮かぶ堤防に二人並んで腰かけ、缶ビールの蓋を開けて乾杯を交わす。お互いに一口飲んだ後、勝平が目じりをキュッと上げて、いやに神妙な顔つきを示した。

「んで、実際のとこ、どうなんや」

「どうって？」

「ガキが生まれんの、素直に嬉しいんか？」

温い潮風が、僕の身体を撫でた。

手にしているビールを飲む。炭酸の刺激で言葉を引き出そうとする。だけど、出てこない。暗闇の中、僕ではなく勝平が先に口を開いた。

「俺は、怖かった」

勝平がビールに口をつけた。大きな喉仏が、上下に動く。

「なんやわからんけど、怖くて、怖くて、しゃあなかった。でもそんなん嫁には言えへんやろ。だからずっと黙って虚勢はっとったら、いつの間にかガキが生まれて、いつの間にか親になっとった。今でも俺は、俺がちゃんと親やれとるとは思っとらへん」

そんなことないよ。ちゃんとやれている。だって果林ちゃんは、あんなにも幸せそうに笑っているじゃないか。

「お前はどうや」赤ら顔を僕に向け、勝平が尋ねる。「今なら嫁はおらん。お前が何を言っても、絶対にばらさん。男同士の秘密にしたる」

観念したように、僕は大きく息を吐いた。芝居がかった仕草で自分を動かす。勝平の好意に甘え、器を信じ、隠していた想いを吐き出す。

「不安だよ」

やっぱりか。そう言いたげに、勝平の頬がゆるんだ。

「子どもが出来て気づいた。僕は、僕自身がこの先どう生きたいのかすら、何も見えていない。それなのに一人の人間の命を背負うことが、不安でしょうがない」

「それは、お前の『能力』の話か？」

「それもある。でももっと総合的で、本質的な話だ」

「総合的で、本質的ねえ」

勝平が気の抜けた声で、僕の言葉を繰り返した。

「お前も難儀なやっちゃな。俺はそんなん考えたことあらへんぞ」

「勝平も怖かったんだろ。それと同じだよ」

「俺はそういうんとはちゃうわ。なんちゅうか、俺をほうって話が勝手に進んでく怖さっちゅうか」

「だから同じだって。僕も覚悟より先に現実が進んでいくのが不安なんだ。まあ、現実を進める判断をしたのは僕自身だから、誰にも文句は言えないけど」

「……そやな」

会話が途切れた。僕はだいぶ温くなったビールの缶を両手で持ち、ぼんやりと真っ暗な海を見やる。鼻腔に潮の香りを、鼓膜に波の音を感じながら、頭の中に十四年前の景色を広げて思い出に浸る。

命は、海から来て、海に還る。

死の近い人間の胸に浮かぶ波打つ水の塊を、ばあちゃんは「海」と呼んでいた。その理由が、命は海から来て海に還るから。どうして、ばあちゃんはそう考えたのだろう。幼い僕は素直に「そういうものか」と受け止めたけれど、大人になり、ばあちゃんにはばあちゃんの人生があったのだと分かったいま、その真意を考えてしまう。

ピリリリリ。

甲高い電子音が、波音を引っ掻いた。勝平がズボンのポケットからスマートフォンを取り出し、画面を見て「美奈子や」と呟く。そして「愚痴っとんのバレたかもな」と笑って通話に出た。

「どした？　遥？　おるで。……はあ!?」

野太い声が夜を揺らす。それから少しだけ話を続け、「分かった。とにかく行くわ」と言って勝平が電話を切った。一分足らずの会話だったのに、スマートフォンをしまって僕に向き直った勝平の表情からは、酔いの気配が完全に消えていた。

「遥」

勝平が右の親指を立て、自分の家の方角を指し示した。

「嫁さん、破水したそうや」

◆

「今は分娩室です……はい……分かりました……はい……すいません……僕が止めるべきでした……はい……ありがとうございます……はい……では」

電話を切り、病院ロビーの椅子に腰かけて肩を落とす。消灯時間をとっくにすぎ、非常灯の放つ淡い光が暗闇を照らす中、隣に座る勝平が心配そうに声をかけてきた。

「どやった？」

「まずはこっちの病院の指示に従えって」

「なんや怒られとったな」

「そりゃあ、まあね」

電話の相手は、東京でお世話になっていた病院だ。ここで産むと決め、何度も定期健診に訪れ、この前は「後はもう産むだけなので安静を心がけてください」と僕たちに忠告してくれていたところ。いきなり旅行先で出産することになったと聞いて、怒らない方がおかしい。

「勝平」

「ん？」

「ありがとう。本当、どうなることかと思った」

その時が来たらどうするかは、琴音の傍に僕がいる場合といない場合を分けてしっかりと考えていた。だけどさすがにこれは想定外だ。勝平たちが病院の手配から搬送までテキパキと話を進める中、僕は琴音を気づかう以外に何も出来なかった。行きつけの病院に電話することを今になって思い出すぐらいに。

病院に到着する頃には、陣痛室を経由せず分娩室に送られるほど、琴音の状態は切羽詰まっていた。あちこちの病院を当たってくれた美奈子さんに勝平のお父さん、酒を飲んでいる僕たちを車でここまで送ってくれた勝平のお母さん、僕たちのことを気にして今も家に戻らず残ってくれている勝平、全員に感謝しかない。

「まあ、どうにかなったからええやろ。あとは祈ろうや」

「……そうだね」

「そういやお前、お産に立ち会わんでええんか？」

「止められてるんだ。陣痛で絶対に変なこと叫ぶからって」

「あの嫁さんらしいわ」

勝平が苦笑いを浮かべた。僕もようやく人心地つく。計画通りに、スマートにとは行かなかったけれど、どうにかここまで来られた。あとは進むだけ。そういう風に、未来に目を向ける余裕が出てくる。

コツコツと、硬い足音が聞こえた。

廊下の奥から、白衣を身にまとった痩せぎすの男性医師が姿を現した。僕と勝平は立ち上がり、歩み寄る医師を迎える。僕たちの傍まで来た医師は勝平をちらりと見やると、僕に話しかけてきた。

「奥さんのお産ですが、つい先ほど終わりました」

「そうですか」

「つきましては、お話がありますので、私について来ていただけませんでしょうか」

良い話ではない。声と重さからそれが伝わる。だけど、だからと言って逃げられるわけはないし、逃げていいわけもない。

「分かりました」

「ありがとうございます。では、行きましょう」

踵を返し、医師が早足で歩きだした。僕は勝平に「行ってくる」と言い残し、医師の後をついて行く。空調設備やエレベーターの駆動音が静寂に響く中、無言の行進を続け、やがて分娩室にたどり着く。

医師が分娩室のドアを開けた。臭いを消しのアロマの香りがふわりと鼻に届く。部屋の奥の分娩台では琴音が横になっていて、その隣のかごのようなものに、布に包まれた赤ん坊が入れられていた。

僕は、足を止めた。

「どうしました？」

入口で立ちすくむ僕に、医師が声をかけてきた。僕は「いえ」と短く答え、分娩台の傍まで進む。琴音がぐったりと力なく僕を見上げる中、意図的に感情を排していると分かる抑えた口調で、医師が僕に告げた。

「単刀直入に言います。新山さんのお子さんは、非常に危険な状況です」

分かっている。だけど驚いたような顔をしてみせる。上手く出来ただろうか。こんな事態なのに、そんな風に冷めた自分が確かにいる。

「未熟児というわけではないのですが、上手く呼吸が出来ておらず、心拍も危機的なところまで弱まっています。なので、ＮＩＣＵと呼ばれる新生児用の集中治療室へ送ります。しかしこの病院にはその施設がないので、赤ちゃんは転院することになります。お母さんの許可は頂いていますが、お父さんもそれでよろしいですか？」

即答しなくては。喉にまとわりつく粘っこい空気と一緒に、答えを絞り出す。

「はい」

医師が頷いた。すぐに女性の看護師が「準備出来ました！」と分娩室に入ってきて、赤ん坊が外に運ばれる。僕は額を汗で濡らす琴音を見やり、穏やかな微笑みを顔に貼り付けた。

「お疲れ様。頑張ったね」

「……ちょっと、頑張りが足りなかったけどね」

「そんなことないよ。本当にありがとう」

手を伸ばし、琴音の髪を撫でる。うっとりとまぶたを閉じる琴音は、それこそ赤ん坊のように無垢に見えた。僕はついさっき目にした僕たちの子どもを、生まれたての命を思い返しながら、汗が絡んで湿った髪を撫で続ける。

見えた。

あの子は——死ぬ。

3

琴音を病室まで見送ってから、僕と勝平は別の病室の空きベッドで一夜を明かした。

朝食の配膳の音で目を覚ました僕は、勝平を起こして二人で病室から出た。一階の売店で菓子パンを買い、ロビーの椅子に座ってもそもそと食べる。潤いの足りない目を擦り、大きく欠伸をする僕の横で、勝平が美奈子さんに電話をかけた。

「俺や……おう、終わったで……それがそうもいかんくてな……」

勝平が状況を美奈子さんに説明する。お産が終わったこと、琴音は無事なこと、だけど子どもの容態が良くなくて別の病院に運ばれたこと。ひとしきり説明した後、勝平が「お前と話したいらしいで」と、自分のスマートフォンを僕に渡した。

「もしもし」

「もしもし。遥くん？　大丈夫？」

「僕は大丈夫です」

「ならええけど。琴音ちゃんは？」

「昨日はだいぶ疲れているみたいでした。今日はまだ会っていません」

「そう……子どもはどうなん？」

電球のフィラメントが焼き切れるように、言葉がプツリと途切れた。沈黙が沈黙を呼び、「分かりません」では済まない雰囲気が出来あがる。僕は口をすぼめて息を吸い、膨らませた肺から一気に言葉を吐き出した。

「亡くなります」

隣の勝平が、大きく目を見開いた。

「僕の能力で『死』が見えました。だから長くありません。近いうちに亡くなります」

「それ、琴音ちゃんには……」

「まだ言っていません」

「……そっか」

寂しそうな呟き。それから、慰めの言葉。

「上手く言えへんけど、遥くんが悪いわけやないんや。元気出しい」

「はい」

「琴音ちゃんは入院やろ。あとでそっち行くけど、何か要るもんある？」

「琴音に聞いておきます。とりあえず――」

軽いやりとりを交わし、僕は勝平にスマートフォンを返した。勝平はしばらく美奈子さんと話してから電話を切り、足をそわそわと揺すり出す。

「嫁さん、会いに行かんでええんか？」

「今から行くよ」

「子どもの話はどうするんや」

答えられず、中途半端に口を開いたまま固まる。勝平が手を立てて顔の前にかざし、謝罪のジャスチャーを示した。

「すまん」

「いいよ。行ってくる」

僕は立ち上がり、勝平に背を向けて離れた。琴音の病室に向かって歩きながら、自分の胸の上に開いた手を乗せる。心拍数は正常。正常だ。だけど今は正常な方が、よほど異常に思える。

病室に入る。薄緑色のカーテンで覆われた奥のベッドに歩み寄り、「入るよ」と声をかけてカーテンをくぐる。ベッドの上の琴音が寝そべったまま顔だけを僕に向け、どこか悪戯っぽい笑みを浮かべた。

「鏡見た？」

「鏡？」

「隈とか、髭とか、すごい顔になってるよ」

そういえば、見ていなかった。顎に手を当て、指先でざらりとした無精ひげの感触を確かめる。

「もしかして、臭い？」

「臭いは大丈夫。それより、わたしはどう？」

「どうって？」

「経験者から聞いたんだけど、出産直後の顔って疲れてるわ、むくんでるわ、化粧してないわで超ブサイクだから、子どもが生まれて一区切りついたのもあって、そこで冷めちゃう旦那さんがいるんだって。だから、どうかなと思って」

「別に何ともないよ。ちゃんとかわいい」

さらりと答える。自分で聞いたくせに、琴音がぱちぱちとまばたきを繰り返し、軽い動揺を示した。そして照れたように目を伏せる。

「なんでそういうのは素直かな」

「隠す意味ないから」

「遥くんは隠す意味のないことだって隠すでしょ」

「そうかな。例えば？」

「大叔母さんのこととか」

「あれは隠してるんじゃなくて、上手く話せないだけだって」

「じゃあ、赤ちゃんのこともそうなの？」

「赤ちゃんのこと？」

「見えたんでしょ？」

見えてない。

そう断言するしかなかった。なに言ってんの。考えすぎ。そう言い切って全ての疑念を突っぱねる。琴音を束の間でも安心させるには、それが唯一無二の方法だった。

だけど、出来なかった。求められている最適解を考え、それが即座に嘘をつくことだと気づいた頃には、とっくに手遅れになっていた。目線を落とし、子の去った腹を覆う真っ白なシーツを見つめる僕の耳に、琴音の声が届く。

「ま、そういうこともあるよね」

悲愴感は感じない。感情そのものが乗っていないから。

「しょうがないよ。どうにかしたくたって、どうしようもない。遥くんが見る『死』はそういうものなんでしょ？」

「……うん」

「じゃあ、まずは受け入れよう。それで生まれて来てくれてありがとうって、見送ってあげよう。遥くんは今まで、そうやって能力を使って来たんだから」

その通りだ。僕は間もなく死を迎える人が満足してこの世を去れるよう、死神を気取って死が見えた相手にそれを告げて来た。今回はその対象が自分の子になった。それだけだ。

「まあ、そう簡単に受け入れられない気持ちは分かるよ。わたしだって正直、頭の切り替え出来てないし」

琴音の瞳（ひとみ）から、焦点が消失した。すぐ傍の現実ではない、手の届かない場所にある何かを覗（のぞ）き見ている。

「お父さんとか、サトちゃんとかにも言わなきゃなあ。考えはじめると大変だよね。いきなり台風が来てライブ中止になって機材撤収、みたいな。ちゃんと生まれてたらもっと大変だったんだろうけどさ。でも、そっちの大変さの方が良かったなあ。元気な子どもが生まれて、元気すぎて何やってもビィビィ泣いて、遥くんはオロオロしちゃって、それで……わた……し……は…………」

強気な声が、震えて細る。感情の大波に呑まれる。頬を伝ってシーツに落ちる涙が、もう限界だと、張り詰めた心の糸が切れる音を伝えた。

うー、うー、うー。唸り声を上げながら、琴音が両手で顔を覆った。

「やだ」首を振る。「やだよお」

――ごめん。

「死んじゃ、やだあ」

泣きじゃくる琴音の頭を胸に抱く。いやだ、いやだ、いやだ。髪を撫でながら、繰り返される嘆きを受け止める。僕の心拍数はまだ正常なのだろうか。そんなことを気にしている自分に、心の底から嫌気がさした。

◆

三時間後、美奈子さんが果林ちゃんを連れて病院に到着した。

琴音のところに案内し、勝平も含めてみんなで話をする。琴音は僕に全てを吐き出してスッキリしたと笑い、だけど勝平も美奈子さんも「なら良かった」とは言わなかった。

そのうちに美奈子さんが、琴音に提案を寄越す。

「なあ、琴音ちゃん。ちょっと二人きりで話さへん？」

目を丸くする琴音をよそに、美奈子さんは続けて勝平に畳みかけた。

「ちゅうわけで、あんたは果林とどっか行ってや。近くに公園あったで」

「分かった。遥、行こうや」

「うん」

「よっしゃ。じゃあ果林、パパと外いこーなー」

ひょいと果林ちゃんを持ち上げ、勝平がベッドから離れた。僕は困惑する琴音を横目に見つつ、美奈子さんに「終わったら連絡ください」と告げて勝平について行く。これでいい。きっと僕よりも美奈子さんの方が、琴音の気持ちを分かってくれる。

病院の外に出ると、カラッとした陽ざしが寝不足の目に刺さった。よろめいて転びかけ、勝平に「なにやっとんや」と笑われる。ついでに果林ちゃんにも「なにやっとー」と言われ、僕は曖昧に笑い返した。

美奈子さんの言っていた通り、病院から少し歩いたところに小さな公園があった。果林ちゃんを砂場で遊ばせ、僕と勝平は近くのベンチに腰かける。白いペンキが剝げ、あちこちにささくれのあるベンチは、座り心地が悪くて落ち着かない。

「ヤニ、吸いたいなあ」

青空を仰ぎ、勝平が独りごちた。中学生の頃からずっと吸っていたけれど、果林ちゃんが生まれてからきっぱりと止めた煙草。「合法で吸った期間のが短いわ」と言っていた数年前の勝平を思い返す。

「まだ吸いたいって思うものなんだ」

「そやな。いつも吸いとうてたまらんわけやないけど、ふとした拍子に」

「疲れた時とか？」

「やってられへん時やな。お前はそういう時、どうするんや？」

「映画を観るかな」

「はー、洒落た趣味やなあ」

勝平が身体を前に傾けた。そして小さな手で砂をかき集め、一生懸命に山を作っている果林ちゃんを見やる。

「美奈子もな」固い声。「怖かったんやて」

ジー。ラジオノイズのような蟬の鳴き声が、にわかにボリュームを増した。

「お前がおらん時に、美奈子がお前のことを気にしとってな。そんで俺は、昨日お前と話したこと思い出したんや。まあでもお前のことは言えんから、俺はこうやったでって話して、そしたら美奈子もそうやったって」

勝平がふーと息を吐いて視線を中空に逃がした。まるで煙草を吸っているように。

「腹ん中で得体のしれないもんがどんどん大きくなってくの、怖くて当たり前やろって言われたわ。俺はそれ聞いて、そりゃそうやなって思った。結局、みんな自分のことしか見えとらんで、周りは自分より上手くやっとると思っとるんやろな」

お前だけじゃない。お前が特別おかしいわけではない。だから、気にするな。

勝平の言いたいことは分かる。そしてそれは、おそらく正しい。僕の胸で泣きじゃくっていた琴音だって、お腹の中の子どもに純粋な愛情だけを感じていたわけではないだろう。怖い。気持ち悪い。そういう想いもどこかにはあったはずだ。

だけど——

それでも琴音は、僕と違って泣いていた。

「パパー」

果林ちゃんが砂場にぺたんと座り込んだ。勝平が「どしたー？」と尋ねると「パパ！」と怒ったような呼びかけが届く。いいから来いというメッセージを受け取った勝平が苦笑いと共に立ち上がり、僕を見下ろして声をかけてきた。

「そや。お前、午後は病院に居ろとか言われとんのか？」

「いや。むしろ、まずは休めって」

「そっか。んじゃ、行けるな」

「行ける？」

「こんな気持ちのまま休んだってしゃあないやろ。まずは気晴らしや」

逆光の中、勝平が白い歯を剝き出しにしてニカッと笑った。

「映画、観に行こうや」

4

美奈子さんと果林ちゃんを家に送り届けた後、僕と勝平はそのまま車で一時間ほど行った場所にある大きな街に出かけた。

大きな街と言っても、東京よりはずっと小さい。巨大なショッピングセンターが娯楽の大半を賄っているようなところで、映画館もその中にあった。入口の壁に貼られている上映中の映画のポスターも、テレビを点けていればコマーシャルが勝手に流れてくるようなものしかない。

「どれ観る？」

「勝平に任せるよ」

「アホか。お前の気晴らしやぞ。お前が選べ」

ごもっとも。僕は「じゃあ、これ」とポスターを指さした。勝平が示されたポスターを見やり、眉間にしわを寄せる。

『ＳＴＡＮＤ　ＢＹ　ＭＥ　ドラえもん』

明らかに腑に落ちていない、ふて腐れたような口調で、勝平が呟きをこぼした。

「俺らが見るような映画とちゃうやろ」

「子ども向けアニメーションを舐めない方がいいよ。メッセージがシンプルな分、下手な大人向けより心動かされることだってある」

「いや、それはそうやけど――」

「泣けるかな、と思って」

勝平の言葉を遮り、僕は自嘲気味に笑った。

「この映画、ドラえもんの有名なエピソードを繋げて一本にした映画らしいんだ。それでそのエピソードのアニメを、僕は能力を手に入れる前に観ててさ。映画を観たら、その頃を思い出して泣けるんじゃないかなって」

十歳の時に交通事故で失った家族を、僕はもうぼんやりとしか思い出せない。ただあの家族の元にいた自分が、今よりもずっと素直だったのは間違いない。箸が転がればおかしくて笑えたし、自分が転がれば悲しくて泣けた。

「それに子ども向けの映画なんだから、観客は子ども連れの家族が多いだろ。それを見るのも、涙腺を刺激するにはいいと思うんだ。子どもを亡くした親としての自覚が、少しは生まれるかもしれない」

子どもを亡くした親。口にして改めて、現実感の無さが浮き彫りになる。僕は今そういう存在なんだと、自分を客観視している自分を殺せない。

「……泣きたいんか？」

おかしなことを言う。僕は間髪入れずに答えた。

「当たり前だろ」

僕たちの傍を、若い男の集団が通り過ぎる。勝平がデニムのポケットに手を入れ、気まずそうにドラえもんのポスターを見やりながら口を開いた。

「分かった。付き合うわ」

「ありがとう」

礼を告げる。勝平は僕の言葉なんか全く聞こえなかったみたいに、くるりと僕に背を向けて券売機の方に歩き出した。

◆

次の上映まで一時間ほど待つことが分かり、僕たちはショッピングセンター内のカフェで時間を潰すことにした。

席に着いてアイスコーヒーを一口飲んだ途端、勝平が仕事上がりのビールでも飲んだみたいに「はー」と深く息を吐いた。無理もない。昨日の夜からずっと、睡眠もろくに取らずに付き添ってくれているのだ。言ってしまえば、一年に一回会う程度の仲でしかないというのに。

「疲れてるみたいだけど、大丈夫？」

「別に。お前こそどうなん。大丈夫か？」

「何ともないよ。勝平と違って運転はしてないし」

「……そういうこと言っとんやなくてな」

分かってる。あえて逸らした。通じなかったけれど。

「お前、今、自分がどんな目しとるか分かっとるんか？」

「目？」

「俺に『死んでもいい』って言った時と同じ目しとんぞ」

十四年前の光景が、ふっと脳裏に蘇った。全てを失い、失ったと思い込み、自暴自棄になっていた幼い自分。あの僕と今の僕が、同じ目をしている。

「お前がそんな目しとったら、あのばあさんも浮かばれんやろ」

ばあちゃん。そういえば、ばあちゃんはこういう時どうしていたのだろう。近しい人間の死を見てしまい、ただ座して待つことしか出来ない。ばあちゃんにだってそういう経験はあったはずだ。

——いずれ、分かる。

しわがれた声を、鼓膜の内側で再生する。あの言葉は、これを越えれば分かるということなのだろうか。ばあちゃんは分かった先にいて、僕がこうなることを知っていて、それでああいう風に言葉を濁したということなのだろうか。

だとしたら――残酷な話だ。

「……かもね」

はぐらかす。勝平は不満そうに唇を尖らせ、アイスコーヒーに口をつけた。僕も自分のアイスティーに手を伸ばし、スラックスのポケットの中から震えを感じてその手を止める。

強い振動が長く続く。電話の震え方だ。病院か、琴音か、美奈子さんか。僕はスマートフォンを取り出し、予想外の名前を目にして固まった。

『大河原雅人』

かつて僕に恋をして振られた、バイト先の先輩。僕は勝平に「電話してくる」と言い残して席を立った。店の外に向かいながら電話を取り、スマートフォンを耳に当てる。

「もしもし」

「もしもし。遥？」

「はい。なんですか？」

「いや、嫁さんの出産祝いなんだけど」

店の外に出る。スマートフォンを持つ手に力がこもった。

「確か、そろそろだよな。他の人からなに貰うかとか分かる？　それともそんな早く決めたりしないもん？　初めてだから分からなくてさ。このご時世、二十代前半で結婚から出産までスムーズにいく奴なんてなかなか——」

「要りません」

機械のように、一本調子で言葉を繋ぐ。

「出産祝いは要りません。子どもは昨日生まれました。でも、すぐに亡くなります」

「……亡くなる？」

「はい。『見えた』んです」

一瞬、大河原さんの呼吸が乱れた。そしてしばらく返事が途切れる。僕にかけるべき言葉を探しているのだろう。気にしないでいいのに。

「慰めになるかどうか、分からないけど」

不器用で真摯な語りが、スピーカーを通して僕の耳に届いた。

「それでも、ほんのわずかな時間でも人の親になれたお前を、俺は羨ましく思うよ。不幸自慢したいわけじゃなくて、本当にそう思う」

なれてないですよ。

親になんて、なれてないです。だって僕は泣いていないんですから。普通の親は、子どもが死んだら悲しいんですよね。琴音みたいに、我を忘れて泣きじゃくるものなんですよね。だったら僕は親にはなれていません。今も。そしてきっと、これからも。

「……ありがとうございます」

しばらくぎこちない会話を続けて、通話を切る。僕はスマートフォンを手に持ったまま傍の壁に背中を押しつけた。そしてまぶたを閉じ、過去を思い返す。

ばあちゃんは生涯を通じ、自らの子を生（な）していなかった。きっと僕と違って、こうなる前に分かっていたのだろう。能力に慣れてしまえば命との関わり方が変わる。だから新しい命を育（はぐく）んではならない。それは僕たちの、死神の役割ではない。

僕たちの役割は――

目を開ける。壁から離れ、カフェに戻る。映画、泣けないだろうな。これから日が落ちて夜が来ることを受け入れるように、僕はそれを確信していた。

◆

上映時間が近づき、僕と勝平は映画館に向かった。

入場券を見せてゲートを抜け、シアタールームに入る。東京の映画館と比べて席数は少なく、だけど座席の占有率はあまり変わらない。客層は予想通り、夏休みを迎えた子ども連れの家族がほとんどだ。母親だけではなく父親もたくさんいて、僕は今日が休日であることをにわかに思い出す。

「やっぱ、男二人で観る映画とちゃうな」

「映画は、誰が観るものとか決まってないと思うよ」

「そら建前はな。でも実際はあるやろ」

「ない。だから僕は映画が好きなんだ」

「あー、分かった分かった。ほんと、変なとこ頑固なんは変わらんな」

勝平がシートに深く身を沈めた。腕を組み、目を閉じて黙る姿に不安を覚え、念のため声をかける。

「上映中は寝ないでよ」

「え、あかんのか？」

「いびきをかかないならいいけど」

「……あー」

勝平がむくりと身を起こした。それから大きなあくびをして、目を擦る。本当に眠たそうだ。

「まだ返金できるかもしれないし、どっかで休んでたら？」

「そうはいかんわ。お前が泣くとこ、ちゃんと見届けたる」

「寝る気だったくせに」

「……それはそれ、これはこれや」

「それに大丈夫だよ。泣かないから」

勝平が、ムッと眉をひそめた。

「そんなん分からんやろ」

「分かるよ。僕の能力の意味、何となく見えて来たから」

「能力の意味ぃ？」

勝平が僕を見据える。海の漢らしい力強い眼光に、幼かった頃の面影はまるでない。なのに僕は、あの頃と何も変わらない目をしているらしい。

「なんや、それ。ゆうてみ」

イヤだよ。たぶん、お前、聞いたら怒るから。

「……映画が終わったら言うよ」

スクリーンに視線を移し、今は話したくないと態度で告げる。予告編に飽きたどこかの男の子が、舌足らずな声で「まーだー」と不満の声を上げた。

◆

エンドロールが終わり、場内が明るくなった。

横を向く。目の周りを真っ赤に腫らした勝平を見て、つい吹き出してしまった。上映中に隣からすすり泣きが聞こえていたから覚悟はしていたけれど、想像以上だ。おかしそうに笑う僕を見て、勝平が唇を尖らせる。

「笑うな」

「そう言われても、笑うよ。泣きすぎ」

「そういうお前は泣かんかったみたいやな」

「まあね」

悪い映画ではなかった。むしろ、良い映画だったと思う。泣けなかったのは映画のせいではない。僕のせいだ。

「まあ泣けなかったもんはしゃあないわ。帰ろか」

席から立ちあがり、勝平が大きく伸びをした。そしてすぐに歩き出し、僕はその後を追う。十四年前もこんな風に二人で歩いたことがあった。先導する勝平とついて行く僕。ぼんやりと昔を思い返しながら足を進め、屋外の駐車場に停めた車を目指す。

野外に出るなり、勝平が「あちー」と情けない声を上げた。僕の額にも汗がにじむ。勝平が手持ちぶさたに車のキーをチャラチャラと弄びながら、僕に話しかけてきた。

「なあ。映画の前に言っとった能力の意味って、結局なんなんや?」

——覚えていたか。仕方ない。自分で匂わせたことだ。ケジメをつけよう。

「人が死ぬのは、悲しいことだろ」

「そやな」

「でも全員が全員、ひたすら悲しんでいたら、前に進めないだろ。時計の針を進める存在が要る。誰かが感情のゴミ箱になって、蔓延する悲しみを処理する必要があるんだ」

前を行く勝平が、ピタリと足を止めた。

ゆっくりと身体ごと振り返る。その顔に浮かんでいる感情は、今にもこめかみに血管が浮かび上がりそうな憤怒。ほらみろ、予想通りだ。絶対に怒ると思っていた。

「お前、自分の能力はその『ゴミ箱』になるためのもんとか、言うんちゃうやろな」

勝平が僕に迫る。僕は肩を竦め、軽い調子で言い放った。

「その通りだけど」

勝平の右手が、僕のシャツの胸元を摑んだ。そのままグイと上に引っ張られ、かかとが少し浮く。吐息が当たるほどに顔を近づけた勝平が、地を這うような声で囁いた。

「ふざけんな」

ふざけていない。真剣だ。お前だって分かってるだろ。だからそんなに本気で怒ってくれてるんだろ。僕はきっと無意識に、お前がそうやって怒ってくれると思ったから、あんな意味深な台詞を吐いてこういう状況を作ったんだ。

「あのばあさんは、お前にそんなことを言うたんか。周りのやつらを幸せにするため、お前はゴミ箱になれ。そう教えたんか」

「言ってない。でも、そう言いたかったのかもしれない」

「んなわけないやろ！　目ぇ覚ませや！」

「じゃあ！　他にどんな答えがあるってんだよ！」

僕は勝平の手を勢いよく振り払った。炎天下の駐車場で、お互い全身に汗をにじませながら睨み合う。

「お前は、果林ちゃんが死んだら、泣くだろ」

勝平が顎を引いた。僕は一気に畳みかける。

「それが悪いって言ってるわけじゃない。むしろ、正しいよ。でも僕は、自分の子どもが今まさに死のうとしているのに、涙の一滴もこぼしていないんだ。そういう僕を作り出したこの能力に、他にどんな意味があるって言うんだ。言ってみろ」

勝平が口を開いた。だけど何の言葉も出せないまま、再び口を閉じて俯く。――ごめん。謝罪を告げて場を丸く収めようと、今度は僕が唇を動かした。

ピリリリリ。

昨日、夜の海辺で聞いたものと同じ電子音。勝平がデニムのポケットから自分のスマートフォンを取り出し、バツの悪そうな顔で電話に出る。

「俺や。これから帰るところやな。おう、おるで」

勝平がちらりと僕を見た。そしてその目が、みるみるうちに大きく見開かれる。

「それ、ほんまか⁉」

天を衝くような叫び声が、熱気のこもった空気を激しく揺らした。

「うん、うん……分かった」

勝平がこちらを向き、僕に「美奈子からや」とスマートフォンを差し出した。一仕事やりきった後のように晴れ晴れとしており、ついさっき僕とやりあっていた時の面影は跡形もない。戸惑いながらスマートフォンを受け取り、「もしもし」と声をかける。

「遥くん？」

「はい」

「あんな、ビッグニュースがあんねん。病院からの伝言」

「伝言？」

「正しくは琴音ちゃんからやな。病院の人は遥くんに電話したみたいやで。でも出えへんから琴音ちゃんに言って、そっから私」

「ああ。映画を観ていたので、電源を切っていました。すいません」

「そっか。ま、それはええわ。心して聞いてや」

「……亡くなりましたか？」

「ちゃう。逆や」

逆。その意味を考えるより早く、美奈子さんが答えを告げた。

「遥くんの子ども、助かりそうやって！」

5

カーナビの合成音声が、病院への接近を告げる。

およそ一キロ道なり。その先、目的地。僕は腿の上に乗せた手をグッと握った。ハンドルを握る勝平が、そんな僕を横目で見る。

「もう少しリラックスせえや」

「そう言われても……」

「医者のお墨付きが出とるんや。お前の能力だって外れることもある。そう考えといた方が、神さまも味方につけられるっちゅうもんやろ」

勝平が調子よく語る。だけど僕は、そう簡単には切り替えられない。確かに勝平からしたら、医者の見立てと僕の能力は拮抗していて、どちらが勝ってもおかしくないのかもしれない。でも僕からしたら、あり得ない。十四年この能力と付き合ってきて、ただの一度だって見えてしまった『死』が消えたことはなかったのだ。それが自分の子どもの時だけ消えるなんて、そんな都合のいい現象が起こるわけがない。

　数分後、僕たちは病院に到着した。受付に話を通すと、しばらく経ってから眼鏡の男性医師が現れ、僕と勝平に説明を施した。僕の子どもは今「ＧＣＵ」と呼ばれる部屋におり、最初に運ばれた「ＮＩＣＵ」という新生児用の集中治療室でケアを受けた結果、当面の危機は脱したからそちらに移されたそうだ。

「危機を脱したっちゅうんは、本当なんですか」

　勝平が切羽詰まった様子で医師に尋ねる。傍から見たら僕ではなく勝平の方が親に見えただろう。医師は穏やかに笑い、質問に答える。

「はい。緊急で命に関わるような案件は、ほぼないと見て良いと思います。しばらくはこちらのＧＣＵで様子を見ますが、容態だけで言えば、今すぐお母さんの入院している病院に戻しても問題ないほどです」

「そうですか……やったなあ！」

　勝平が僕の背中を叩いた。僕はまだ信じられない。この医師は今「ほぼ」と言った。絶対ではない。ならば容態が急変して命を落とすことだって、十分にあり得る。

　見てからだ。

　安心するのは、この目で見てから。

「では、行きましょう」

　医師に先導され、ＧＣＵに向かう。シャツの上から胸を押さえ、激しい心臓の高鳴りを手のひらで感じる。子どもが死ぬと分かった時、僕の心拍数は正常だった。だけど今は、明らかに異常。なぜ死なないかもしれないという話に動揺するのだろう。僕は自分の子どもに死んでいて欲しいのだろうか。

「ここです」

医師がＧＣＵのドアを開ける。そして部屋の左と右、二列に分かれて並ぶベッドの中から、左の一番手前のベッドを「あちらです」と示した。僕はベッドに歩み寄り、心電図モニターから伸びるコードを身体（からだ）にぺたぺたと貼（は）り付けて眠る、我が子を見下ろす。

心拍数が、正常に戻った。

「……どや？」

勝平に尋ねられ、僕はふるふると首を横に振った。小さな身体の上に水球がはっきりと浮かんでいる。やはり、この子は間もなく海に還（かえ）るのだ。今は一時的に危機を脱しているに過ぎない。

「そっか……」

勝平が肩を落とした。そして、落ち込む僕たちを怪訝（けげん）そうに見やる医師に声をかける。

「あの、この子、ほんまに大丈夫なんですか？」

「はい。こちらが心電図の波形ですが――」

「あ、いや、そういうことやなくて、ほんまにいきなり具合悪くなったりとか、せえへんのですか？」

「どういうことでしょうか？」

「えっと、せやから――」

しどろもどろになりながら、勝平が医師と言葉を交わす。だけど僕を意識して「死」という言葉を避けているから、上手く伝わらない。どうしようもないもどかしさだけが、ヘドロのように空間の底に積み重なっていく。

――いいよ、もう。

海から来た命を、海に還すだけなんだ。何も悲しくない。だから、諦めてくれ。僕は諦める。この子の命と、僕がこの先の人生で涙を流すことを。

「感染症には最大の注意を払います。ただ少なくとも現時点では、新生児が感染症にかかっているということはありません」

「いや、そういう事故みたいなもんやなくて――」

見ていられない。僕は二人から顔を逸らし、反対側の壁に並ぶベッドを見やった。ベッドは四つ。そのうち二つは空ベッド。残り二つのベッドには僕の子どもと同じように、コードを身体に貼り付けた新生児がすやすやと眠っている。

心臓が、大きく跳ねた。

皮膚を突き破って外に出ようとする生き物を留めるように、胸を手で強く抑える。どくん、どくん、どくん。心拍数がとめどなく上がっていく。落ち着け。まだ分からない。確認しなくてはならない。

大きく息を吸う。清浄な空気で気道を洗い、声帯を震わせる。

「あの」

医師が振り向いた。僕はその目を真っ直ぐに見つめる。

「お願いしたいことがあります」

◆

GCUを出て、医師の後をついて歩く。

理由を語らずに押し切ったから、医師は露骨に不審そうな表情をしていた。一緒に歩いている勝平も同じだ。だけど僕は真剣そのもの。自転車のタイヤにフットポンプで空気を送るように、靴の底で硬い床を踏みしめるたび、高揚が血管を通して全身に広がっていく。

頭の中でパズルのピースがカチカチと嵌まる。先走って見えてしまいそうになる完成図を必死になって否定する。まだ早い。決めつけるな。決めつけてしまったら、もしそうでなかった時、今度こそ耐えられない。

医師が足を止めた。そして「ここです」とかわいらしいブラウンの扉を示す。扉の上に掲げられているプレートの文字を読み、僕は拳を軽く握った。

『新生児室』

扉を開けて、中に入る。純白の壁の眩しさに目を細める。今まで歩いて来た廊下と様子がだいぶ違うのは、おそらく病院の中でここだけが命に手を加えることなく、そこに在る命を愛でるための場所だからだ。

――どくん。

大きく足を踏み出す。部屋の奥にある、ガラス張りのパーテーションで区切られた場所を目指し歩みを進める。

――どくん、どくん。

全身が小刻みに震える。十四年前、ばあちゃんは「いずれ分かる」と言った。確信を持って分かる。その「いずれ」が、今だ。

――どくん、どくん、どくん。

開いた手をガラスに乗せる。パーテーションの向こうに、小さなベッドがぎっしりと並んでいる。そしてそのベッドの一つ一つに眠る、小さな命。

――どくん、どくん、どくん、どくん、どくん、どくん。

命は、海から来て、海に還る。

海から来て。

――ああ。

見える。全て（すべ）の赤ん坊の上に、波打つ水の塊がぷかぷかと浮かんでいる。やっぱり、そうだった。これは「死」を見る力ではない。命が海から来て、海に還る、その過程を見届ける力。命を祝福するための力だ。

　このような力がなぜ存在するのか。僕はこれから、この力とどう向き合って生きて行くべきなのか。それはまだ分からない。だけど一つ、確実に分かることがある。

　あの子は、死なない。

「……良かった」

　僕はガラスから手を離し、だらりと両腕を下げた。つうと水滴が頬を伝う。十四年ぶりに流れ出した涙を拭（ぬぐ）う気が起きず、立ち竦む僕の肩に、勝平が手を置いた。

「良かったなあ」

　勝平は知らない。僕が何を見て、何を理解したのか、全く分かっていない。それでも勝平は僕と同じように泣いていた。僕が涙を流したことを喜ぶみたいに。

　僕はただ一言、嗚咽（おえつ）を漏らすように言葉を吐き出した。

「うん」

◆

医者とこれからの予定を話した後、僕は病院を出て琴音に電話をかけた。

空は薄暗く、チラチラと星が瞬き始めていた。今から琴音が入院している病院に向かっても消灯時間には間に合わない。だけどこの出来事を話さないわけにはいかないし、何より僕は話したい。病院前の花壇に腰かけ、貧乏ゆすりをしながら応答を待つ僕の耳に、待ち望んでいた声が届く。

「もしもし」

来た。僕は「琴音？」と名前を口にし、のっけから声を上ずらせた。おかしなイントネーションで呼ばれた琴音が、ふふっと小さく笑う。

「どうしたの？」

「報告があるんだ。子ども、会って来た」

「……どうだった？」

「結論から言うと、大丈夫だ。それで――」

とめどなく、ありのままを話す。僕の身に起きたことと僕が理解したことを、僕が十四年ぶりに泣いてしまったことまで含めて、全て。一通り聞き終えた琴音は「そっか」と呟き、優しく僕をねぎらってくれた。

「お疲れさま」

きっと今日一日のことではない。僕は「ありがとう」と礼を言い、天を仰いだ。夕方と夜の間、鈍色の空に浮かぶ満月を見つめる。

「それで、僕は明日いったん東京に戻るよ。出生届とか、あっちの病院との話とか、色々片付けて来る」

「分かった。じゃあ戻る前に、一個いい？」

「なに？」

「大叔母さんとの思い出、教えて」

穏やかな声が、じんわりと耳に沁みる。

「言葉、見つかったでしょ？」

もちろん。

語るよ。語らせてくれ。十四年前に植えられた種が、大きく花咲いた今、この思い出を君に知って欲しい。僕が感じたこと、僕が見つけたもの、君にも分かって貰いたい。

僕の人生を、君と分かち合いたい。

「長くなるよ」

息を吸う。澄んだ空気を胸いっぱいに溜め込む。あの頃より大きくなった身体に、あの頃と同じ土地の匂いが染み込み、僕はまた少し泣いている自分に気づいた。

第五幕　十歳、『椿三十郎』

「あばよ！」

――一九六二年公開、『椿三十郎』より

1

まぶたが重たい。

海でたくさん泳いで疲れたせいだ。頑張らないとすぐ、横でぐうぐう眠っている妹のなっちゃんみたいになってしまうだろう。だけどそれはもったいない。ぼくは夜の高速道路がとても好きなのだ。ピカピカ光る看板が次から次へと出てくるだけで、パレードを見ているみたいですごくワクワクする。

こくり、こくり。頭がふらふらゆれる。運転しているお父さんと、その隣のお母さんの話を聞きながら、ぼくは必死に眠気に耐える。

「二十キロ先、渋滞だって」

「まあ、夏休みだしな。サービスエリアに寄っておくか？」

「私はいい。遥たちは……」

「寄りたい！」

大声で叫ぶ。お母さんが首を伸ばして後ろを向いた。

「本当に寄りたいの？」

「うん。おしっこしたい」

「さっき行ったばかりでしょう」

「いいじゃないか。寄りたいなら寄ろう」

ぼくは「やった」とガッツポーズをしたくなった。ぼくは夜の高速道路がとても好きだけど、夜のサービスエリアもすごく好きなのだ。夜なのに人がいっぱいで、特別な場所に来た気分になる。お父さんがたこ焼きとか焼き鳥とかを買ってくれるのも嬉しい。お祭りに出かけたみたい。

窓から外を見て、次のサービスエリアに着くのを楽しみに待つ。ぼくが座っているのはお母さんの後ろ。左側の席。車も道路の左側を走っていて、インターチェンジやサービスエリアまでの距離が書いてある看板が出てくるのも左側だ。早く出てこないかな。そんな気持ちを込めて、窓ガラスにぴたっと手を乗せる。

車の中が、いきなり暗くなった。

ぼくは右側を見た。眠っているなっちゃんの向こうの窓が何かで覆われて、そこから光が入らなくなってしまっている。トラックの荷台。ぼくがそう気づいて、どうしてトラックがこんな近くにいるんだろうと思った時、お父さんが窓の外を見て声を上げた。

「え？」

耳が破けてしまいそうなぐらい、大きな音がゴウッと響いた。

◆

目覚めたぼくは、ベッドの上にいた。

家のベッドじゃないのはすぐに分かった。天井が遠くて、広くて、何だか学校みたいだったから。起き上がろうとして、全身がずきっと痛んで止める。よく見ると身体のあちこちに包帯が巻かれていて、腕からは点滴の管が伸びていた。

ベッドの周りはクリーム色のカーテンで囲まれていたけれど、部屋が明るくて夜でないことは分かった。聞こえてくる雑音から、一人部屋ではないことも。時間は朝か昼。場所は病院の大部屋。そこまでを理解したぼくは次に、自分に何が起きたのかを考え始めた。

夏休み。海水浴。高速道路。サービスエリア――

カーテンが開いた。

「起きた？」

看護師のお姉さんが、ぼくに優しく声をかけてきた。腰を曲げ、ぼくと同じ高さに顔を合わせる。

「良かった。君、自分の名前は分かる？」

「……新山遥」

「いくつ？」

「十歳」

「よし。そこまでは大丈夫ね」

お姉さんがぼくの頭を撫でた。撫でられて初めて、頭にも包帯が巻かれていることに気づく。

「身体、痛い？」

「動かすと痛いです」

「そう。でも大丈夫。すぐに治る。お医者さんを呼んでくるから、ちょっと待っててね」

お姉さんが立ち去ろうとする。ぼくはその背中に声をかけた。

「あの」

お姉さんがゆっくりと振り返った。「呼ばれちゃったか」って感じの、あまりぼくと話したくなさそうな顔。

「なあに？」

「ぼくは、事故にあったんですか」

ぼくはお姉さんを見つめながら尋ねた。人と話す時は目を見て話しましょうと学校で教わったから。でもお姉さんは、目をそらす。

「そうね」

「交通事故ですよね。トラックにぶつけられて」

「ええ」

「他のみんなはどうなったんですか」

お姉さんが黙った。ぼくは言い直す。

「お父さんと、お母さんと、妹はどうなったんですか」

答えは分かっていた。だって大丈夫なら「大丈夫だ」って言う。ぼくが聞く前に、ぼくを安心させるために。言わないのは、少なくとも誰か一人は、大丈夫じゃないから。

「──その話は、お医者さんからね」

お姉さんがカーテンを開けて出て行った。ぼくは頭を枕（まくら）の上に落とす。いつもと違う天井は固そうで、冷たそうで、今にも落ちてきてぼくを押し潰（つぶ）してしまいそうだった。

◆

お姉さんが連れてきた男のお医者さんは、お父さんのことも、お母さんのことも、なっちゃんのことも何にも言わなかった。ぼくの怪我を説明して「まずは治療に専念しよう」と言うだけ。とてもズルいと思った。だけどそれはお互い様だ。しつこく聞き続けないぼくもきっと、同じぐらいズルいやつだった。

次の日、面会があった。毎年お正月に会って、ぼくとなっちゃんにお年玉をくれる叔父さんと叔母さん。二人とも何だかとても痩せて見えた。叔父さんがお父さんの弟で、だからやっぱり顔つきは似ていて、ぼくはずっと叔母さんの方ばかり見ていた。

叔父さんたちは、お医者さんと違って、ぼくにちゃんと全部教えてくれた。

お父さんも、お母さんも、なっちゃんも、みんないなくなってしまったこと。すぐにお葬式があるから、ぼくも出た方がいいということ。お葬式の後は子どものいない叔父さんと叔母さんが、ぼくを引き取って育てたいと思っていること。ぼくは叔父さんと叔母さんの子どもになって、引っ越して、転校して、新しい人生を歩むのだということ。

たくさんの言葉を使って、たくさんのことを説明された。だけどぼくが叔父さんたちに返した言葉は、ほとんど一つ。

「分かった」

分かった。分かった。分かった。分かった。

ぼくはひたすらそう言い続けた。何にも考えたくなかったし、考えてどうにかなるとも思えなかった。たまに、ちゃんと考えないと返事ができない質問をされることもあって、そういう時は黙った。そうしていればそのうち、叔父さんか叔母さんがどうするか提案したり、話を変えたりしてくれた。

　やがて叔父さんと叔母さんが帰って、ぼくはまた一人になった。寝ていても退屈なだけだし、歩き回るのはまだ身体が痛い。ゲーム機があればいいのに、とぼくは思った。車と一緒に壊れちゃっただろうけど。

「坊主」

　右の耳に、ザラザラした声が届いた。振り向くと、隣のベッドから頭の禿げたおじいさんがじっとぼくを見ている。ベッドを覆うカーテンは、端に小さく畳まれていた。

「事故にあったんだってな」

「……はい」

「そうか。辛いな」

　おじいさんが自分のベッドから下りた。そしてぼくのすぐ近くまで来て、しみじみと語り出す。

「じいちゃんにも、君ぐらいの年齢の孫がいるんだ」

「……そうなんですか」

「ああ。だから君みたいな子が辛い目にあっているのを見ると、胸が張り裂けそうになる。何かじいちゃんに出来ることは無いか？」

「……ごめんなさい。思いつかないです」

「いや、謝らなくていい。悪かった。そんなつもりは無かったんだ。ただじいちゃんが勝手に、たまらなくなってしまってなあ」

おじいさんが語り続ける。だけどぼくはその話をほとんど聞いていない。目に見えるものが気になって気になって、耳に入ってくる音が頭まで届かない。

「あの」

ぼくは右手を上げ、おじいさんの胸の辺りを指さした。

「それは何ですか？」

水の塊が、おじいさんの胸の上に浮かんでいた。

水滴を大きく、丸くしたような、透明な球体。大きさは野球ボールぐらい。ガラス球に見えないのは表面が静かに波打っているから。海に沈んでしまった地球。そんな連想をぼくは抱く。

「それ？」

おじいさんが自分の胸に手を乗せた。確かに水の塊に触れたのに、手は何事もなかったかのように、すうっとそれをすりぬけてしまう。不思議そうに首をひねるおじいさんに、ぼくはさらに質問を投げた。

「見えないんですか？」

「何がだ？」

「おじいさんの胸の上に何かが浮かんでるんです。ほら、ここ」

水の塊に手を伸ばす。だけどおじいさんが触れた時と同じように、ぼくの手も何の抵抗もなくそれをすり抜けてしまった。びっくりして手を引くぼくに、今度はおじいさんが質問してくる。

「どうした？」

「……いえ」

「変な子だなあ」

おじいさんがカラカラと笑う。そしてまたぼくに色々と話をして、最後はぼくの頭を撫でて部屋から出て行った。ぼくは空になった隣のベッドをぼんやりと眺めながら、さっきのは何だったんだろうと、さっきのおじいさんのように自分の胸に手を乗せて考える。

おじいさんが亡くなったのは、その三日後だった。

2

夏休みの終わり頃、ぼくは退院することになった。

ぼくの怪我は軽かった。お医者さんが「神さまが守ってくれた」と言うぐらいに。ぼくを守ってくれたのが神さまなら、お父さんや、お母さんや、なっちゃんを殺したのは何なのだろう。思ったけれど、言わなかった。

退院してすぐ、叔父さんと叔母さんの住んでいるマンションに行った。からっぽの部屋に案内されて、叔父さんに「今日からここが遥くんの部屋だよ」と、叔母さんに「狭くてごめんね」と言われた。ぼくが「ありがとうございます」と丁寧にお礼を返すと、二人とも困ったように笑った。

夕方、近所の焼き肉屋さんに行くことになった。焼き肉屋さんでは叔父さんが上カルビを頼んでせっせと焼き、叔母さんが焼けたお肉をぼくに取り分けてくれた。ぼくは少し焼きすぎだと思った。だけどそれは言わないで「美味しい？」と聞かれたら「美味しいです」と答えた。

「遥くんは強いな」

ビールを飲みながら、叔父さんがしみじみと呟く。頬がうっすらと赤くなっていた。

「ずっと泣かないもんな。叔父さんだったら無理だ。毎日めそめそ泣き続けてる」

何となく、言いたいことが読めた。そしてその通りの言葉を叔父さんが口にする。

「でもな、無理して我慢しなくてもいいんだぞ。辛いなら泣けばいい。ありのままの遥くんをぶつけてくれ。叔父さんたちはそれを受け止める」

叔父さんと叔母さんがニコニコと笑う。ありのままのぼく。そんなもの、もうとっくに見せている。

「無理なんてしていません」

「本当か？」

「本当です」

叔父さんがぼくをじっと見る。怒っている時の学校の先生みたいな、嘘をついていたら見抜いてやろうという目。どうして分かってくれないのだろう。ぼくは本当に、ぜんぜん無理なんてしていないのに。

「神さまが教えてくれたんです。人はどうしたって、いずれ死んでしまうものなんだって」

ぼくは右のひとさし指を伸ばし、自分の右目を示した。

「ぼく、人の『死』が見えるようになったんです」

入院中に、三つ見た。

最初は隣のベッドのおじいさん。それから病院を散歩している時に見えて、気になって注目していたら死んでしまった人が二人。見えたのにまだ死んでいない人もいるけれど、その人もきっと近いうちに死ぬのだろう。間違いない。ぼくが見ているものは「死」だ。

「死が近づいている人に会うと、胸に水の塊みたいなものが浮かんで見えるんです。病院で三人、それが見えてすぐに亡くなった人に出会いました。信じてもらえますか?」

　叔父さんと叔母さんが顔を見合わせた。それから叔父さんがぼくを見て、はっきりと言い切る。

「信じるよ」

「ありがとうございます。それでぼくは、神さまがぼくを慰めるために、この力をぼくにくれたと思ったんです」

「慰める?」

「はい。神さまはぼくに『人間なんていつか死んでしまうものなんだ』と教えたかった。だからこの力をくれた。そんな気がするんです」

　能力の正体を摑んだ時、ぼくは安心した。

　人はいずれ死ぬように定められている。お父さんや、お母さんや、なっちゃんは、それが普通より早かっただけ。運命なのだ。悲しむようなことではない。神さまが、そう言ってくれていると思った。

「この力がなかったら、ぼくはもっと大変なことになっていたと思います。びっくりしていたのが落ち着いたら、それこそ叔父さんが言ったみたいに、ずっと泣きじゃくっていたかもしれない。でも神さまのおかげでそうはならなかった。だから本当に大丈夫なんです。心配しないでください」

ぼくは無理やり、作り笑いを浮かべた。叔父さんは笑わない。叔母さんは俯き、焼き肉の網に視線をやる。そして「焦げちゃったね」と呟いて黒くなったお肉を箸で取り、自分の取り皿に運んだ。

「……遥くん」

叔父さんが、おもむろに口を開いた。

「話したいことがある」

◆

バスを降りて、最初に目に入ったものは田んぼだった。

青々と育った稲で埋め尽くされた田んぼが道路の左右に広がっていて、その田んぼの奥にぽつぽつと家が建っている。教科書に出てくるような田園風景。駅からバスに乗った時は海のすぐ傍だったのに、少し走って下りたら景色がまるで切り替わっている。異世界に来た気分だ。

大きなトートバッグを提げた叔父さんに連れられて、田んぼの合間のあぜ道を歩く。家を出た頃はまだ朝だったのに、いつの間にかお昼を過ぎていた。ギラギラした日光を頭から浴びて、汗がふき出る。

やがてあぜ道を抜けて、木造二階建ての家に着いた。叔父さんがすりガラスのはまった玄関の前に立ち、大きな声で「着きましたー！」と呼びかける。古そうな見た目通り、インターホンはないらしい。やがて引き戸が横に開き、中からぬっと人が現れた。

おばあさん。

ぼさぼさの白髪。しわくちゃの顔。乾いた唇を閉じて、目を細めて、なんだか機嫌が悪そうだ。眠っていたところをいきなり起こされたみたい。

そして――

「お久しぶりです」

叔父さんが頭を下げた。おばあさんが、つまらなそうにふんと鼻を鳴らす。

「ずいぶん放っといたなあ」

「すいません。ここまで来るのはなかなか大変で……」

「まあ、ええわ。ほんで、そこの坊がそれか」

おばあさんがぼくをじろりと見やった。叔父さんが首を縦に振る。

「はい。この子が『能力』に目覚めた子です」

叔母さん。ぼくにとっての叔母さんは叔父さんの奥さんだけど、叔父さんにとっての叔母さんはこのおばあさんらしい。ぼくのお父さんのお父さん、つまりおじいちゃんの妹。

「で、その坊にチカラについて教えてやりゃええんやな？」

「はい。この子の着替えは、ここに入っています」

叔父さんが持っていたバッグをおばあさんに渡した。そして腰をかがめ、ぼくと目を合わせる。

「遥くん。しばらく、ここに一人でも大丈夫かな？」

親戚に同じ能力の持ち主がいるから、その人に色々と教えてもらおう。

叔父さんはぼくにそう言った。何日か、今は一人で暮らしているその人と一緒に過ごして、能力との付き合い方を学ぶのだと。「いいかな？」と尋ねる叔父さんに、ぼくはいつものように返した。「分かった」。

「――大丈夫」

頷きながら、おばあさんの方を見る。言った方がいいのだろうか。考えて、言わないことにした。気づかいというより、今言うと面倒なことになりそうだったから。

「そうか。じゃあ、また迎えに来るからね」

叔父さんがぼくの頭を撫でた。お父さんみたいに大きな手。

「それじゃあ、遥くんをよろしくお願いします」

叔父さんが帰る素振りを見せた。だけどすぐ、おばあさんから声が飛ぶ。

「ちょいまち」

「なんですか？」

「あんた、何で来たんや。車か」

「いえ。電車とバスです」

「なんでそんなめんどいことしとんねん」

「……車で長距離は、まだ早いと思ったので」

叔父さんがちらりとぼくを見た。おばあさんがふんと鼻息を吐く。

「まあ、ええわ。あんな――」

おばあさんが親指を立てて、ぼくたちが歩いてきたあぜ道を示した。

「バス、あと三時間は来んぞ」

◆

結局、叔父さんはタクシーを呼んで帰った。

叔父さんを見送った後、ぼくとおばあさんはきちんと話をすることにした。畳の居間でちゃぶ台を挟んで向き合う。お互いに座布団(ざぶとん)の上に座り、ぼくは正座をして、おばあさんは足を崩している。だから身長差があっても、ぼくの頭の方が少し高い。

「足は崩してええ」

「はい」

答えながら、ぼくは正座を崩さなかった。崩してもいいということは、崩さなくてもいいということ。それならばこのままの方が楽だ。余計なことを考えなくて済む。

おばあさんがふんと鼻を鳴らした。さっきも叔父さんの前でやっていた仕草。そしてぼくの顔を覗き込み、ぶっきらぼうに尋ねる。

「名前は」

「新山遥です」

「そうか。あたしは、新山伊代や」

ちりん。どこかで風鈴が鳴った。しわしわの目を細めて、おばあさんがぼくを見る。どうして何も聞いてこないのだろう。そう考えたぼくの心を読んだように、おばあさんが口を開いた。

「どうして何も聞かん」

ちりん。風鈴の音が、またぼくの耳に届いた。

「気になること、あるやろ。なして聞かん。あたしが怖ないんか」

気になることとなんてない。おばあさんが怖いなんてこともない。人間はいずれ死んでしまう生き物なのだ。だったらその途中で何が起こっても、どうでもいい。

「……来たくて来たわけやないんやな」

おばあさんが、はあと大きなため息を吐いた。

「まあ、ええわ。これからじっくり、ゆっくり、やっていこうや」

それは――無理だ。やっぱり、これだけは言わなくてはならない。

「あの」

おばあさんの口元が少しゆるんだ。おや、自分から喋（しゃべ）れたんか。そんな顔。

「どした？」

「最近、身体の調子が悪かったりしませんか」

おばあさんの顔がまた険しくなった。まばたきを繰り返して、ぼくを見る。

「何が言いたいんや」

「ふらふらしたり、倒れそうになったり、そういうことはありませんか」

「だから、それがどした」

「見えてるんです」

おばあさんが、自分の胸に手を乗せた。

その動きで、おばあさんが本当にぼくと同じ能力を持っていることが分かった。ああ、じゃあおばあさんが嘘をついているんじゃなくて、単に自分の死は見えないだけなんだな。別にそんなの、どうでもいいけど。

「おばあさんの胸の上に、水の塊が」

おばあさんが自分の胸を見やった。そして浮いているそれに手で触れる。だけど病院で隣のベッドのおじいさんがやった時と同じように、細い手はそれをすっとすり抜けるだけ。ぷかぷかぷか浮かぶ水の塊には何の変化もない。

ちりん。風鈴が鳴った。おばあさんが首を起こし、目を丸くして呟く。

「おや、まあ」

3

ぼくに死を告げられた後、おばあさんはすぐ電話機を使ってどこかに電話をかけた。アニメの中でしか見たことのない、ダイヤルを回すタイプの黒い電話機。話を終えたおばあさんがぼくの方を向き、電話機を指さす。

「この電話、使えっか？」

ぼくは首を横に振った。おばあさんが「ほんじゃ来い」とぼくを呼び、電話の使い方を教える。

「ええか。まず、使いたい数字んとこに指を入れるんや。次にこうやって、ダイヤルを回せるだけ回す」

ガラララ。ダイヤルの回る音が、電話の鳴き声のように思えた。

「ほんで、指を離す。あとはこれの繰り返しや。分かったか？」

「はい。でも、どうしてこんなことを教えるんですか」

「あたしが死んだあと、使うかもしれんやろ」

おばあさんが近くのメモ帳から紙を一枚破った。そして傍に置いてあった鉛筆で数字を書き、黒電話の下に敷く。

「ええか。あたしが死んだ時、あんたがまだこの家におったらここに電話せえ。ぜんぶ片づけてくれる。ちゅうか、そうしてくれるよう今から頼む」

「じゃあ、さっきの電話はここにかけてたんですか？」

「そや」

おばあさんがちゃぶ台のところまで戻り、ブラウン管のテレビをつけた。時代劇。ぼくは時代劇に興味はないけれど、他にやることもないので、おばあさんと同じようにテレビを観ることにする。

少し経って、玄関の方から引き戸が開く音がした。

ノックや呼びかけが全くないことに、ぼくは驚いた。だけどおばあさんは誰が来たのか見に行くことすらしない。そのうちふすまが開き、日焼けした白髪のおじいさんが居間に入ってきた。

「よう。どした？」

「頼みがあんねん。そこ座りい」

おばあさんがぼくの近くを指さした。おじいさんは言われた通り、ぼくの隣に座布団を置いてその上であぐらをかく。身体から磯の匂(にお)いがして、海の方に住んでいる人なのかなと思った。

「頼みってなんや」

「あんな、あたし、そろそろ死ぬみたいやねん」

おじいさんのしわしわの目が、大きく見開かれた。おばあさんは淡々と続ける。

「そこの坊、あたしの親戚なんやけど、あたしとおんなじチカラを持っとってな。見えたそうや」

おじいさんがぼくの方を向いた。そして固い声で尋ねる。

「ほんまか」

頷く。おじいさんがぼくからおばあさんに視線を戻し、悟ったように呟いた。

「……そうか」

おじいさんが背中を丸めてうな垂れる。だけどおばあさんは何も変わらない。声も、表情も、態度も、何もかも。

「でな、遺言はもう書いとるから、遺産とかはええねん。ただ今ちいと変わった事情があってな、そこの坊の世話を頼まれとんのよ」

「世話？」

「そや。その子、チカラに目覚めたばっかでな。そんなん、教えられんのあたししかおらんやろ。せやから引き受けたんやけど……」

おばあさんがちらりとぼくを見て、小さくため息をついた。

「あたしが死ぬんは考えとらんかったわ。でも引き受けてもうたし、やれるだけやろう思ってな。ほんで、あたしが死んだ時にその坊がまだここにおったら、あんたが何とかして欲しいねん」

「分かった。まかしとき」

即答。そんな簡単に引き受けていいのだろうか。ぼくの方が心配になってしまう。

「で、話はそんだけか？」

「そや。帰ってええで」

「死ぬ前にやりたいこととか、あらへんのか？」

いつの間にか、おじいさんの背筋がしゃんと伸びていた。おばあさんの眉がぴくりと動く。

「伊代ちゃんが今までワシらに言うてきたことやぞ。今度は伊代ちゃんの番や。やりたいことあんなら言えや。ワシらが叶えたる」

おじいさんが自分の胸をドンと叩いた。おばあさんは顎に手を当てて考え込む。そしてまだ時代劇をやっているテレビに視線をやり、ぽつりと呟いた。

「映画」

おばあさんが、顎から手を離した。

「梅ちゃんが自前の映写機使うて、飲み屋で映画の上映会やっとったことあったやろ。あれおもろかったから、もっかいやりたいわ」

「あったなあ。ほんじゃ、それやろか。映画は何がええ？」

「『椿三十郎』がええな」

「分かった。まかしとき。あちこち話つけたる」

おじいさんが立ち上がった。そして居間と廊下の境目あたりで、くるりと振り返る。

「何日ぐらい保つんや？」

「んなもん分かるか、アホ。いつもそうやったろ」

「……そやな。まあ、なるべく急ぐわ。じゃあな」

おじいさんが居間から出て行った。おばあさんは何事もなかったかのようにまた時代劇を観て、ぼくも同じようにする。ぼくはこの時代劇のことを何も知らないけれど、話は何となく分かって、こういう難しくないところがお年寄りに受けるのかなとか考えた。

やがて時代劇が終わり、おばあさんがんーっと伸びをした。そして畳に手をついてゆっくりと立ち上がり、座ったままのぼくを見下ろす。

「遥」

初めて名前を呼ばれた。ぼくが「はい」と先生に呼ばれた時のような返事をすると、おばあさんが渋い顔をする。

「もうちょい気楽にせえや」

「分かりました」

「……分かってへんなあ。まあ、ええわ。行くで」

「行く？」

「そや」

おばあさんがひとさし指を伸ばし、玄関の方を示した。

「散歩」

◆

家を出る前、おばあさんは冷蔵庫からラムネの瓶を二本取り出してぼくに持たせた。冷たいラムネを両手に持ちながら、無言でおばあさんの後をついて歩く。いつの間にか日もだいぶ落ちていて、もうそれほど暑くなかった。風に撫でられておじぎをする稲穂を横目に、てくてくと散歩を続ける。

おばあさんの歩く速さはとてもゆっくりで、ゲームの、動きが遅くなる魔法をかけられたキャラクターみたいだった。それでも歩くうちに田園風景は無くなって、いつの間にか海の近くまで来ていた。水平線を眺めながら、あの向こうには何があるのだろうとぼんやり想像を巡らせる。

遊歩道から海岸に向かう階段に、おばあさんが足を踏み入れた。左手で手すりを摑みながら、一段、一段、足場を確かめるように階段を下っていく。そのふるふると震える足を見ているうちに不安になり、ぼくはおばあさんに声をかけた。

「下りるの、手伝います」

ラムネの瓶を半ズボンのポケットに入れて、おばあさんの右手を握る。おばあさんは最初びっくりしたように手を引いたけれど、すぐに「あんがと」と言ってぼくの手を握り返してくれた。ラムネの瓶を持っていたぼくの手は冷たくなっていて、だけどおばあさんの手はそれに負けないぐらい冷たくて、ぼくはつい、胸にぷかぷか浮かぶ水の塊を意味もなく確認してしまった。

階段を下りた先は砂浜になっていた。空から落ちて来た隕石（いんせき）が埋まったみたいな、大きな岩の上に二人で腰かける。おばあさんがぼくに向かって、すっと枯れ枝のような手を差し出してきた。

「飲みもん」

ラムネを一本、おばあさんに手渡す。おばあさんは手慣れた感じで蓋（ふた）を取り、取った蓋でビー玉を瓶の中に押し込み、ごくごくとラムネを飲み始めた。ぼくも真似（まね）をしてラムネを一口だけ飲み、炭酸の刺激を感じながらおばあさんに話しかける。

「あの」

「どした」

「ぼくたちがこうやってるの、何か意味があるんですか？」

「散歩に意味なんかあるかい。んなもん、なくてええんや」

「もうすぐ死んじゃうのに、意味のないことしてていいんですか？」

「変なことという子やな。もうすぐ死んでまうから、意味なんてどうでもええ、したいことをしとるんやろ」

「でも、自分の子どもとお話ししたりとか……」

「おらん。ずっと独りや。独りでここまでやってきた」

砂を巻き込んだ海風が、ぼくの頬をざらりと撫（な）でた。おばあさんが胸に手を乗せ、ぼくに問いかける。

「遥はここに見えるもん、何て呼んどるんや？」

呼び方。そんなの、考えたことも無い。

「特に名前はつけてないです」

「そうか。あたしは『海』って呼んどるんや」

「海？」

「そや。命は海から来て、海に還る。これは、それを視るチカラや」

おばあさんの胸に浮かぶ水球と、目の前に広がる海を見比べる。確かに、似ているかもしれない。そうか、これは「海」なのか。一度そう考えると、不思議とそうとしか思えなくなってくる。

「このチカラはな、どうも、死にかけると目覚めるみたいなんや」

おばあさんがラムネを喉に流し込む。ビー玉が瓶の内側の出っぱりにぶつかり、小さな音を立てて止まった。

「あたしの母親も見えとった。小さい時に病気で寝込んで、それからやと。血に眠っとるチカラが、死を身近に感じると叩き起こされる。そういうもんらしい」

「でもぼくは別に死にかけてません」

「身近に感じる、言うたやろ。魂が死を覚悟したとか、そういうんでええんや」

分かるような、分からないような理屈だった。反論する気にもなれなくて、ぼくは話題を変える。

「じゃあおばあさんも、どこかで死にかけたんですか？」

「ああ。戦争で、ちいとな」

戦争。重たい言葉を聞いてうつむくぼくに、おばあさんが語りかける。

「ばあちゃん、でええぞ」

ぼくは顔を上げた。おばあさんがしわしわの顔をもっとしわしわにして笑う。

「おばあさん、は止めえ。そんな呼び方しとったら、いつまで経ってもあたしの言葉はあんたには届かん」

「……ばあちゃん」

「そや。よう言えたな」

おばあさん――ばあちゃんがぼくの頭を撫でた。それから輝く海を眺め、幸せそうに目を細める。

「あたしも、海に還るんやなあ」

ばあちゃんの胸に浮かんでいる海が、喜んでいるようにぶるりと震えた。ぼくは自分のラムネを口に含む。ちくちくと舌を刺す炭酸が心地よくて、ぼくは少しの間、口の中にラムネを溜めてからそれを飲み込んだ。

◆

散歩から帰ったら、ばあちゃんが夕ご飯を作ってくれた。ご飯と焼いたお魚と卵焼きとお味噌汁。お魚がとても美味しかったのでそう伝えると、ばあちゃんは「捕れたてやからな」と自慢げに笑った。ばあちゃんには漁師をやっている友達がたくさんいて、その人たちがいつも捕れた魚をくれるらしい。今日、電話をして呼んだおじいさんもそうなのだと教えてくれた。

夜は二階の部屋に布団を敷いて眠った。寝る前にばあちゃんが渦巻き形の蚊取り線香を焚いて、虫取り網みたいなものを部屋に吊ってくれた。「蚊帳」といって、蚊がそばに寄ってこないようにするものらしい。おかげで蚊に刺されることはなかったけれど、お線香の匂いが強くて少し眠るのに苦労した。ばあちゃんは一階で寝た。階段の上り下りが辛いから、二階はもうほとんど使っていないらしい。

次の日の朝、ばあちゃんとまた散歩に行った。コースは前と同じ。夏は晴れていれば朝ご飯と夕ご飯の前に散歩に行くのがばあちゃんの日課だそうだ。前と違って、今度は歩きながら色々なことを話した。でも肝心の「能力」のことはほとんど話さなくて、ぼくの学校のこととか、叔父さんと叔母さんのこととか、そんなことばかりしゃべっていた。

叔父さんと叔母さんは子どもが出来ない夫婦らしい。ばあちゃんは叔父さんと叔母さんを「ええやつら」と言って褒めていた。だけどぼくが「ばあちゃんが死んじゃうって連絡しなくていいの？」と聞くと「そこまでの仲やあらへん」とばっさり切り捨てていた。

散歩から帰ってきて朝ご飯を食べた後、ばあちゃんと居間でテレビを観ていると、昨日と同じように玄関の方から引き戸が開く音がした。

少し待つとやっぱり昨日と同じようにふすまが開いて、おじいさんが現れた。だけど昨日と違うところが一つあった。おじいさんの傍にぼくと同い歳（どし）ぐらいの、髪の毛を短く刈り込んだ男の子が立っている。

「どした？」

「上映会、話ついたで。今日の夜や」

「ずいぶん早いな」

「そら伊代ちゃんがいつ逝（い）ってまうか分からんからな」

ばあちゃんとおじいさんが言葉を交わす横から、男の子がくりくりした目でじっとぼくを見ていた。ぼくはどうすればいいか分からず肩をすくめて小さくなる。やがておじいさんがそんなぼくに気づき、男の子の背中を軽く押した。

「あと、そこの子も暇やろと思ってな。遊び相手に孫連れてきたわ。勝平、挨拶（あいさつ）し」

「はーい。大林（おおばやし）勝平！　十歳！　よろしゅう！」

勝平と名乗った男の子が、ぼくのところまでずかずかと近づいてきた。そしてぼくを見つめながら、大きな声で尋ねる。

「お前は？」

「……新山遥。十歳」

「よっしゃ！　遥やな！　そんじゃ、どっか遊び行こ！」

勝平がぼくの腕をつかみ、ぐいと引っ張り上げてその場に立たせた。それから「行ってきまーす！」と宣言し、ばあちゃんとおじいさんを置いてぼくを外に連れ出す。めちゃくちゃだ。学校の友達にも強引な子はいるけれど、ここまでのやつはいない。

「ほんで、なにする？」

ぼくを引っ張ってあぜ道を歩きながら、勝平が尋ねる。そんなことを聞かれても困る。ぼくはそもそも外で遊びたいなんて思っていないのだ。

「虫取りすっか！　お前、虫好きか？」

「……あんまり」

「なんや、つまらんな。釣りは？」

「……やったことない」

「んー、海で遊んだことぐらいはあるやろ？」

「……それぐらいなら」

「じゃ、海やな！　ええとこあんねん！　行こ！」

　どうやら、一緒に遊ばないという選択肢はないらしい。ぼくは諦めて勝平について行くことにした。ばあちゃんと散歩した時と同じ道を、ばあちゃんの百倍はうるさい勝平と歩いて海へ向かう。

　やがて、ばあちゃんに連れてこられた場所よりだいぶ広い砂浜にたどり着いた。勝平が靴を脱ぎ、続けて半ズボンと半袖シャツを下着ごと脱ぎ捨ててぼくはびっくりする。逆に勝平は驚いているぼくが理解できないようで、きょとんとぼくを見やってきた。

「脱がんのか？」

「……恥ずかしくないの？」

「女か。脱がな泳げんぞ」

「でも……」

「うじうじすんな！　さっさと脱げや！」

　勝平がぼくの半ズボンに手をかけた。ぼくは「分かったから！」と勝平を制し、自分で服を脱ぎ始める。久しぶりに大きな声を出した。まだこんな声が出せた自分に少し驚く。

　裸の勝平がダッシュして海に飛び込む。同じく裸になったぼくはゆっくりと波打ち際に近寄り、足をそろりと海水に浸した。真夏の太陽に温められた身体が、つま先から静かに冷やされていく。

大きめの波が来た。足にぐっと力を入れて、倒れそうになる身体を支える。剝き出しの肌でお日さまの光を受け、寄せては返す波の中で立ちすくみながら、ぼくはふと、ばあちゃんの言葉を思い出した。

命は。

海から来て、海に還る。

「スーパーキーーーーーック！」

背中に、とんでもない衝撃が走った。

◆

海でしばらく遊んだ後、ぼくと勝平は近くに積んであったテトラポッドの上に登り、休憩を取ることにした。

裸のお尻をざらつくコンクリートにつけ、濡れた身体を直射日光で乾かす。洗濯物になった気分だ。あるいは干物。同じように隣のテトラポッドで休んでいる勝平が、ぼくに話しかけてくる。

「なー、はるかー」

「なに」

「あのばあさん、ほんまに死んでまうんか？」

難しい質問だ。ぼくだってこの能力を手に入れたばかりで、絶対の自信を持っているわけではない。

「ばあちゃんは、そう思ってるみたい」

「でも、ばあさんには見えとらんのやろ」

「うん」

「じゃあ、なんで分かんねん」

「ばあちゃんの経験とか、あるんじゃないかな」

答えながら、たぶんそうなのだろうと自分でも納得する。きっと長年の経験から、ぼくが嘘をついていないことと、見えた「死」を覆せないことが分かるのだ。ぼくが「死」を告げられてすぐ胸に手を当てたばあちゃんを見て、ばあちゃんが同じ能力を持っていることを確信したように。

「そっか。なんとかならへんかなー」

「なんとかしたいの？」

「うん。うちのじいちゃん、たぶん、お前んとこのばあさんのこと好きやねん」

好き。シンプルな言葉に違和感を覚える。戦争を体験しているお年寄りに使うには、あまり似つかわしくない気がした。

「おれのばあちゃん、おれが生まれる前に死んどってな。そんでお前のばあさんも独りやろ。だから結婚したいと思っとんねん」

「じゃあなんで結婚しないの？」

「色々難しいんやろ。でも好きなんは間違いないと思うわ。じいちゃん、昨日、泣いとったからな」

勝平が立ち上がった。両手を大きく広げ、帆のように海風を受ける。

「お前、あのばあさんを助ける方法とか知らんの？」

「知らないよ。神さまにお願いするしかないと思う」

「神さまかあ……そや！」

勝平がこっちのテトラポッドに飛び移ってきた。股の間についているものがぷるんと揺れる。

「山登りしようや！」

「山登り？」

「近くに、てっぺんに神さま祀っとる山があんねん。そこ行ってお祈りしようや」

「子どもだけでそんなところ行っていいの？」

「ほんまはあかん。でもおれは何回も登っとるで。楽勝や」

得意げな勝平。これは、止められないやつだ。まだ出会って半日も経っていないけれど、それぐらい分かる。

「分かった。じゃあ、行こう」

「よっしゃ！　んじゃ、最後にひと泳ぎすっか！」

テトラポッドの端っこから、勝平が勢いよく海に向かって飛び込んだ。大きな水しぶきが上がり、飛び散った海水がぼくの唇に当たる。舌を伸ばして舐めた命の欠片は、やたらと塩辛かった。

4

それぞれの家でお昼を食べた後、ぼくと勝平は山に向かった。

出かける前、ばあちゃんがラップでくるんだおにぎり二つとラムネ二本、それと汗拭きタオルを小さなリュックに入れて持たせてくれた。ついでに「山には行ったらあかんぞ」というアドバイスもくれた。ちょうど玄関から外に出ようと背中を向けていたところだったので、ぼくは「分かった」と答えて、そそくさと家から出て行った。

勝平に連れていかれた山は、学校の遠足で登った山よりも地面がでこぼこしていて、とても歩きにくかった。あまり人が通っていないせいだろう。それでも勝平は野生の猿のようにひょいひょいと山を登っていく。「楽勝」と言うだけのことはある。ぼくはちっとも「楽勝」じゃないけれど。

「ねえ、あとどれぐらいで着くの」

「もうちょい」

「さっきも同じこと言ってなかった？」

「だから、さっきよりもうちょいやねん」

適当な返事。ぼくは首にかけているタオルで汗を拭った。そしてほとんど崖のような急斜面になっている歩道の脇を見やる。道は狭く、転落防止の柵もない。うっかり足を滑らせて落ちたら大変なことになりそうだ。ばあちゃんが止めたのもよく分かる。

ざく、ざく、ざく。鳥のさえずりと小川のせせらぎが静かに響く山に、少し乱暴な足音を刻む。やがて歩道が徐々に広くなり、そのうちぽっかりと開けた場所に出た。広場から伸びている石段を指さして、勝平がはしゃぐ。

「あれや！ 行こ！」

石段を二人で登る。登った先には鳥居があり、その先には賽銭箱と木造の建物があった。建物はあちこちが朽ちていて、神さまを祀っているにしてはずいぶんとボロっちいように見える。ただ崩れているわけではないし、周囲に雑草も生えていないから、全く手入れが行われていないわけでもなさそうだ。

建物に歩み寄る。賽銭箱の前で勝平がぼくに五円玉を手渡した。そして自分の五円玉を放り込み、パンパンと手を叩き合わせる。

「ばあさんが死にませんように！」

勝平が横目でぼくを見た。ぼくは勝平と同じように五円玉を賽銭箱に投げ入れる。それから手を叩き、目をつむり、暗闇（くらやみ）の中で考えを巡らせる。

昔、家族でお参りに行った時、ぼくは「どうしてお祈りをする前にお賽銭を入れるのか」とお父さんに尋ねた。お父さんは「電話をするのにお金が必要なのと同じ」と答えた。お金を入れれば、その分だけ神さまとお話ができる。これはそういう仕組みなのだと。

神さまに言いたいこと。神さまに聞きたいこと。

どうして――

「――ばあちゃんが死にませんように」

まぶたを開く。世界に光が戻る。勝平がぼくを見て、無邪気に尋ねた。

「届いた？」

「分からないよ」

「そんな変なチカラ持っとるのに？」

「そういうチカラじゃないみたい」

「ふーん」

勝平が首をひねった。だけどすぐに「んじゃ、帰ろーや」と石段に向かって駆け出す。本当に忙しいやつだ。その切り替えの早さが、今は羨ましい。

派手に石段を下る足音を立てながら、鳥居の向こうに勝平が消えた。だいぶ遅れてぼくも石段のてっぺんに辿り着き、石段を下り切ったところで固まっている勝平に気づく。ぼくを待っているのだろうか。でもそれにしては、視線がこっちを向いていない。

石段を下りていく途中で、勝平がくるりとぼくの方を向いた。いやに真剣な表情で、声を立てずにぼくを手招きする。ぼくが「なに?」と尋ねると、勝平はすぐ右手の指を一本立てて唇に当てた。「静かにしろ」のジェスチャー。

足音を立てないよう、慎重に石段を下る。やがて石段を下りきり、ぼくは「なに」と勝平に耳打ちをした。勝平が、ぼくたちが登って来た山道を指さす。

熊。

でっぷりした身体に黒い毛皮をまとった生き物が、四つの足を地面につけてぼくたちの方を見ていた。大きさはぼくたちと同じぐらい。つぶらな瞳からは何の感情も読み取れず、全身の汗が音もなくすうっと引いていく。

広場からは三つの行き先が伸びている。一つは熊がいる、ぼくたちが登って来た山道。一つは、今ぼくたちが下りて来た石段。そしてもう一つは、ぼくたちが登って来たものとは別の山道。勝平が熊と目を合わせたまま、三つ目の道を指さした。

「あっち行くぞ」

ぼくは頷いた。山で熊と出会った時の対処法なんて知らない。だけど今の勝平を見ていれば無闇に騒いではいけないことと、視線を逸らしてはいけないことは分かった。置き物のように動かない熊を見つめたまま、二人でじりじりと、後ろ歩きで足を進める。目指していた道に辿り着いた後も、ぼくたちはしばらく後ろ歩きのまま進んだ。やがて熊が見えなくなったところで、勝平が額の汗を拭って呟く。

「走るぞ」

くるりと振り返り、勝平が山を下る方に駆け出した。ぼくも慌てて走る勝平についていく。登って来た山道は広場に近づくにつれて幅が広くなっていったけれど、こっちの山道も同じだった。今は下っているから、進めば進むほど狭く険しくなっていく。

息が切れる。足元がふらつく。熊と見つめあっていた間は抑えられていた汗が一気に噴き出して、ぼくの身体をぬるぬると覆う。

スニーカーの爪先が、大きめの石にぶつかった。

——あ。

まずい。そう思った時には、もう手遅れだった。つんのめって道を踏み外し、「うわあああああ!」と悲鳴を上げながら斜面を滑り落ちていく。服に覆われていない肌が草木で削られて、火でちりちりとあぶられているような熱を持った。

　やがて、大きな木にぶつかって落下が止まる。勝平が歩道から「遥！」と叫び、滑り落ちないよう慎重に斜面を下りて来た。ぼくは身体を起こそうと土に足をつけ、そして、絶望的な事実に気づく。

「大丈夫か？」

　勝平が心配そうにぼくを覗き込んだ。とりあえず、命はある。致命傷を負っているということもない。だけど——

「ごめん」

　ぼくは自分の右足首を撫でながら、ぽつりと呟きをこぼした。

「足、くじいた」

◆

　日が落ちて来た。

　夜になればきっとこの山は、一歩先も見えない闇に塗り潰されるだろう。そうなる前に急いで灯りのある場所に出なくてはならない。だけど、ぼくとそう変わらない体格でぼくを背負いながら足を進める勝平の歩みは遅く、いつまで経っても山道が途切れる気配は現れない。

どこかで草むらがガサガサと揺れる音がして、ぼくはびくりと背中を震わせた。同じように勝平も緊張したのが、背負われているぼくに伝わる。また熊が出たのかもしれない。そうなったらどうしよう。逃げられるだろうか。そういう不安でいっぱいな心を、勝平が自分の声で覆い隠す。

「はるかー。足、だいじょぶかー」

「……うん」

「そうかー。もうちょいやから、辛抱せえよ」

もうちょい。だいぶ前にも同じことを言っていた。だからきっと現実ではなく、勝平の祈りなのだろう。だけど——いつまでも祈らせているわけにもいかない。

「ねえ」

「どした？」

「ちょっと休まない？　疲れてるでしょ」

「さっき休んだばっかやろ。大丈夫や」

「そんなことないよ。休んだ方がいい。無理して倒れたら元も子もないよ」

勝平が「……そやな」と呟き、ぼくを背中から下ろした。そして自分もぺたっと地面にお尻をつけて、大きな息を吐く。

「やっぱ疲れてたんだ」

「うっさいな」

「お腹も空いてるよね。ばあちゃんからおにぎり貰ってるから、あげる」

　ぼくはリュックを開け、中からおにぎり一個とラムネ一本を取り出して勝平に渡した。

勝平は「あんがと」と渡されたものを嬉しそうに受け取り、おにぎりのラップを剝がしてかぶりつく。ぼくはもう一個のおにぎりを取り出し、食事中の勝平に声をかけた。

「もう一個あるよ」

「それはお前が食えや」

「いいよ。ぼくは疲れてないし」

「ええから、食え」

「じゃあ、リュックごとあげる。ラムネも一本入ってるから、疲れたら使って」

「だからええって。ちゅうか『あげる』ってなんやねん。お前が持っときゃええやろ」

「ぼくはここにいる」

　ぼくは、微笑った。

　勝平が負い目を感じないように、ちゃんとぼくを捨てられるように、自分に出来る限りの穏やかな微笑みを浮かべた。だけど勝平は、欠片も笑っていなかった。食事を止めて呆然とぼくを見つめる勝平に、ぼくはもう一度、優しく声をかける。

「ここからは勝平一人で行って。一人ならきっと下山できるよ。ぼくは勝平が助けを呼んでくれるのを、ここで待ってるから」

勝平の顔に、感情が戻ってきた。だけどその想（おも）いは感謝ではない。怒っている。はっきりとそう分かる言い方で、勝平が言葉を吐き捨てた。

「なに言うとんや」

気圧（けお）されそうになる。勝平がそうしようとしているのも分かる。だからこそ怯（ひる）まず、ぼくは胸を張って勝平と向き合う。

「足くじいて動けんのに、こんなところに放っておかれたらどうしようもないやろ。夜の山はほんまに真っ暗なんやぞ。助けなんて来られるか分からん」

「でもこのままだと、二人とも帰れない」

「……んなことないわ」

「ある。ぼくだってバカじゃない。それぐらい分かるよ。だから勝平だけでも助かって欲しいと思って、こういう提案をしてるんだ。まだ勝平に『死』は見えない。だからきっと間に合う」

「なんやそれ。んじゃ、お前は助からんでもええんか」

「いい」

僕ははっきりと言い切った。そして言葉を失う勝平に、もう一度告げる。

「ぼくは、死んでもいい」

そう、ぼくは死んでもいい。死んでもいいのだ。強がりでもごまかしでもない。心の底から、そう思っている。

「家族がみんな死んじゃって、他の人の『死』が見えるようになって、分かったんだ。人間はどんだけ頑張っても、いつか死んじゃう生き物なんだって。だから死ぬことはただの運命で、怖くなんてないんだって」

ぼくは自分の胸に手を乗せた。どくん、どくん。心臓の鼓動を手のひらに感じる。

「勝平のお父さんとお母さんはまだ生きてるんでしょ。おじいちゃんとだって一緒に住んでるし、他にもそういう家族はいるんでしょ。だったら、勝平は生きて。勝平が死んじゃったら、たくさんの人が悲しむ」

胸から手を離す。勝平から目を逸らし、俯(うつむ)く。

「ぼくにはもう、そういう人、あんまりいないから」

ガサガサ。

また、どこかの草むらが動いた。風か、熊か、他の野生動物か。まあ、何でもいい。ぼくはここで死ぬ覚悟を決めたのだ。だから、何も恐れることはない。

勝平が口を開く。だけど何も言わず、その口に残っていたおにぎりを詰め込んだ。それからラムネを一気飲みし、瓶を放り投げ、ぼくのリュックから残っているおにぎりとラムネを取り出して半ズボンのポケットに押し込む。

そして、ぼくの身体の下に自分の身体を潜り込ませ、強引に背負う。

汗まみれのシャツとシャツがピッタリとくっついた。勝平の体温を感じる。心なしかその熱は、休憩をする前よりも、強く温かくなっている気がした。

「ええわけあるか」

ぼくの腿裏を摑む勝平の手に、ぐっと力が込められた。

「いつか死ぬからいつ死んでもええとか、死んで悲しむやつが少ないから死んでもええとか、そんなわけあるか！　少ないなら、作れや！　お前が死んで悲しむやつをぎょうさん作って、それから死んで、みんなを悲しませたれや！　そういうもんやろ！　ちゃんと生きるって、そういうことやろ！」

叫び声が、夕暮れの森に呑まれて消えた。お前の叫びなんて雑音でしかない。そう告げる雄大な自然に逆らうように、勝平はさらに声を張り上げる。

「おれはお前を置いてかんぞ！　二人で死ぬか、二人で生きるか、どっちかや！　だからもう、ふざけたことぬかすな！　分かったか！」

ぼくは答えない。分かったも分からないも言わない。だけど勝平は聞き直さず、ぼくを背負ったまま、ずんずんと山道を下っていった。ぼくの答えなんて、最初からどうでもいいんだと宣言するみたいに。

おーい。

麓の方から、男の人の声が聞こえた。勝平が足を止める。足音を消して耳を澄ませ、次の言葉を聞き逃さない態勢を整える。

「かっぺー！　どこやー！　いたら返事せえー！」

勝平の背中が、大きく持ち上がった。そして吸い込めるだけの空気を吸い込み、声に変えて一気に吐き出す。

「ここやー！　ここにおるぞー！」

「おったかー！　大丈夫か！」

「ダチが怪我しとんねん！　動かれへん！」

「分かったわ！　今行くから、そこで待っとれ！」

「おー！」

力強い返事の後、勝平がぼくを地面に下ろした。そして自分は大の字になって仰向けに倒れこむ。額を汗で濡らし、荒い息を吐きながら、勝平が朗らかに笑った。

「生き延びたな」

「……そうだね」

ぎりぎり勝平に届くぐらいの声で呟く。別に死んでも良かったのに。そう思っていたはずなのに、そう言えない自分が、確かにいた。

◆

ぼくたちを探そうと言い出したのは、ばあちゃんだった。

いつもの散歩に出かけた時、ぼくがまだ帰ってきていないことを気にして、勝平の家に行ったらしい。だけどそこにもいなくて、勝平のおじいちゃんと一緒に情報を集めたら僕たちが山に入ったのを見ていた人がいて、暗くなる前に捜索を始めることにしたそうだ。山まで迎えに来た男の人が、ぼくをおぶって歩きながら教えてくれた。

男の人はぼくたちを家ではなく、映画の上映会が行われる居酒屋に連れて行った。そこでぼくたちはまず勝平のおじいちゃんに会い、ぼくはくじいた足に湿布を貼って包帯を巻いてもらった。そしてその後、とんでもなく怒られた。勝平は何発もげんこつを貰い、泣きながら「じいちゃんのためにあのばあさんを助けたかったんや！」と言ったけれど、その説明にも「いらんことするな！」とげんこつを貰った。ぼくも一発だけ貰った。あまり強くなかったのに、なぜだかやけに痛みがじんじんと尾を引いた。

お説教の後、ぼくたちは上映会の会場になっている広い畳の部屋に向かった。部屋には映写機とスクリーンが置いてあって、スクリーンの近くには座布団がたくさん敷いてあった。食べ物や飲み物は、まとめて置いてあるテーブルから紙皿や紙コップに移して持っていくバイキング形式。ぼくは紙皿に唐揚げとポテトを乗せ、紙コップにオレンジジュースを入れて、先に座っていたばあちゃんの隣に座った。

「叱られたか」

ばあちゃんがぼくに話しかけてきた。頬がほんのり赤い。お酒を飲んでいるようだ。ぼくが「うん」と答えると、ばあちゃんは「そうか」と楽しそうに笑った。

「まあ、しゃあないな。反省せえ」

「……うん」

「あたしを助けようとしたらしいな」

ばあちゃんが持っている紙コップに口をつけた。そしてぷはっと、お酒の匂いがする息を吐く。

「権蔵から、あんま怒らんといてやって言われたわ。自分はさんざん怒っといて、勝手なやっちゃ」

「ゴンゾウ？」

「あのじいさんの名前。そんで、どうや」

「どう？」

「『海』はまだ見えとるか？」

紙コップを持っていない方の手で、ばあちゃんが自分の胸を指さした。ぼくは黙って頷く。胸の上に波打つ水球がはっきりと見えている。山頂で捧げた祈りは届かなかったようだ。あるいは、届いても聞いてもらえなかった。

「そやろな。あたしも数え切れんほど見てきたけど、消えたことは一度もあらへん」

「消そうとしたことはあるの？」

「ある。でも、どうしてもポックリ逝ってまう。だから気にせんでええ」

「じゃあ、もしお父さんたちの上に『海』が見えて、お出かけするのを止めても、別の理由で死んじゃってたの？」

「ん？　そういや、言っとらんかったか。事故死は見えんぞ。自殺もや」

ぼくは「え」と声を上げた。それならば山を下っている時、勝平に「海」が見えないから助かると言ったぼくの言葉は、全くの見当違いだったことになる。

「このチカラで死ぬのが分かるんは『海に還る命』だけや。その途中で、どっかにぽんと放り出されてまう命は見えん」

「海に還らない命はどこに行くの？」

「知らん。ちゃんと海に還れるまで、生まれ変わるんやないか」

生まれ変わる。ちゃんと海に還れるまで。じゃあお父さんも、お母さんも、なっちゃんも、今頃はどこかで生まれ変わっているのだろうか。海から来ない命として新しく生まれて、今度こそ、海に還れるように生きるのだろうか。

「そろそろやぞー」

勝平のおじいちゃん——権蔵さんがスクリーンの前に立ち、マイクを使って太い声を部屋に響かせた。すぐに会場が静かになる。

「それじゃあ、皆さんお待ちかね、『椿三十郎』上映会、やらせてもらいますわ。伊代ちゃん、挨拶してや」

「あたし？」

「そや。今までも、逝ってまうやつが挨拶しとったろ」

「めんどいなあ……」

ぶつくさ言いながら、ばあちゃんが立ち上がって前に出た。そして権蔵さんからマイクを受け取り、集まった人たちに向かって語り出す。

「えー、どうも。さんざん人の死を予言しとったバチが当たり、ついにあたしが死ぬことになりました。死神、新山伊代です」

ドッと笑いが起きた。ばあちゃんも照れくさそうに笑っている。

「まあ、ええけどな。もう十分生きた。こうやって挨拶するやつ、みーんな同じこと言うとったけど、自分の番なってそらそうなる思ったわ。特別言うことなんかあらへん。どーしてもおもろいこと言うなら——」

ばあちゃんの目尻が下がった。穏やかな視線が、ぼくに向けられる。

「あたしはこうやって、死ぬ前に一花咲かせるっちゅうんは、出来ないと思っとったことやろうな」

しんみりとした声。ばあちゃんが目を細め、斜め上を見上げた。

「辰雄(たつお)に、義郎(よしろう)に、お圭(けい)ちゃんに……ぎょうさんの『死』を見送ってきた。でもあたしの持っとるこのチカラは、自分の『死』は見えん。おんなじチカラ持っとったおかあちゃんもそうやった。だからあたしはいきなり逝くんやろなと思って、見送られるみんなが羨ましかったんや。でも、そうはならんかった。あたしはそれが嬉しい。嬉しくてたまらん」

ばあちゃんが会場をぐるりと見渡した。一人一人と少しずつ目を合わせて、それから、全員に向かって笑う。

「もうこの土地に『死神』はおらん。みんな、いつ逝ってまうか分からん。せやから悔いのないように生きてや。あたしがみんなに言いたいんは、それだけや」

ばあちゃんが両手を身体の前に揃(そろ)えてお辞儀をした。拍手の中、ばあちゃんがマイクを権蔵さんに返してぼくの隣に戻って来る。そして紙皿から唐揚げを箸(はし)でつまんで食べているぼくに声をかけた。

「遥」

口の中に唐揚げがあるから、返事が出来ない。もぐもぐと口を動かすぼくに向かって、ばあちゃんが穏やかに呟いた。

「あんがとな」

電気が消えた。映写機からスクリーンへと光の道が出来る。スクリーンを見つめるばあちゃんの目は、まるで誕生日が来た時のぼくみたいに、きらきらと輝いていた。

5

上映会の後、権蔵さんがばあちゃんの家までぼくをおぶってくれた。

湿布と包帯のおかげで足もだいぶ良くなっていて、ばあちゃんの家ぐらいまでなら歩けると言ったけれど、権蔵さんはゆずらなかった。権蔵さんの背中は広くて、大きくて、お年寄りだとは思えないぐらいにがっしりとしていた。ぼくがそれを言うと、権蔵さんは「海の漢（おとこ）やからなあ」と嬉しそうに答えた。

蛙（かえる）の合唱を聞き、星空を見上げているうちに、ばあちゃんの家に着いた。玄関で権蔵さんがぼくを下ろす。「あんがとな」とお礼を言って奥に引っ込もうとするばあちゃんを、権蔵さんが呼び止めた。

「伊代ちゃん」

ばあちゃんが振り返る。権蔵さんが寂しそうに目じりを下げた。

「またな」

権蔵さんが家から出て行った。ばあちゃんがしばらく権蔵さんの閉めた引き戸を眺めた後、脱いだ靴を揃えているぼくに話しかける。

「眠いか？」

「うん」

「そうか。あたしも眠うてたまらん。今日はもう寝ようや」

ばあちゃんがふわあと欠伸をした。寝るのはいい。だけど今日はその前に、聞きたいことがある。

「ばあちゃんは、死神なの？」

ばあちゃんがきょとんと目を丸くした。ぼくは言い直す。

「みんな、ばあちゃんのことを死神って言ってたでしょ。ばあちゃんもそう自己紹介してた。なんで？」

「死ぬんが分かったらそいつに教えるっちゅうんを、ずっとやっとったらそう呼ばれるようになった。それだけや」

「でも、ばあちゃんのせいで死んだわけじゃないでしょ」

「――ああ、そういう勘違いしとるんやな。死神は『死』を運ぶ神さまやあらへんぞ。神さまんとこで働く水先案内人や」

「水先案内人？」

「死んだ後、どこ行けばええか道案内してくれるやつっちゅうことや。あたしはそろそろ逝ってまうやつにそれを教えるだけやから、案内はできとらんけどな」

「なんで教えるの？」

受け答えが、ピタリと止まった。

「黙ってれば、分からないのに」

ずっと不思議だった。ばあちゃんは能力を隠していない。権蔵さんどころか、その孫の勝平まで知っているぐらいに有名だ。ばあちゃんのお母さんが同じ能力を持っていたらしいから、有名になっていて隠しづらかったのかもしれない。それでも教えないやり方はあったと思う。そしてそっちの方が、たぶん楽だ。

お酒で赤くなったばあちゃんの顔をじっと見る。とても大切な言葉が出てくる。そういう予感があった。だけどばあちゃんはにやりと笑い、まるで答えになっていない答えをぼくに返した。

「なんでやろなあ」

肩すかし。がっかりするぼくをフォローするみたいに、ばあちゃんが付け足す。

「ま、あたしはあたしなりに、このチカラの意味を考えてそうした。そんだけや」

「チカラの意味って？」

「いずれ分かる」

はぐらかされた。黙るぼくを、ばあちゃんが優しい目で見つめる。

「いっこだけ言えるんは」声も優しい。「あたしは、逝ってまう前に可愛らしいちっこい死神に会えて、ほんまに良かったと思っとるで」

ばあちゃんがまた大きな欠伸をした。そして「おやすみ」と奥に引っ込む。ぼくは追いかけるかどうか少し悩み、結局止めて二階に上がった。そしてマッチで蚊取り線香に火をつけ、パジャマに着替えて布団に潜ると、一日の疲れがどっと出てすぐ眠りについた。

◆

オレンジ色の光。

高速道路の、トンネルの灯り。ぼくは走る車の後ろの席で眠っている。隣にはぼくと同じように眠るなっちゃん。前にはお父さんとお母さん。家族みんなでお出かけした帰り道でよくある光景。

お父さんとお母さんが何かを話している。眠っているのになぜか分かる。だけど眠っているから、何を話しているのかは聞こえない。わけのわからない状況に、ぼくは自分が夢の中にいるのだと悟り、そして願う。

話がしたい。

お父さんと、お母さんと、なっちゃんと、話がしたい。

ぼくは動こうとする。だけど動けない。悔しくて、その悔しさを表現することも出来ない。悪い魔法使いに石にされてしまったよう。

オレンジ色の光が強くなる。ばあっと広がって、ぼくたちを搔き消していく。車が消える。お父さんが、お母さんが、なっちゃんが消える。だけどぼくは消えない。ぼくの服だけが消えて、裸んぼうで眠ったまま、真っ暗な闇に放り出される。

波の音が聞こえる。海。分かった途端、暗闇が消えて砂浜が現れる。ぼくは立ち上がる。砂浜に二本の足を乗せ、背中を太陽に焼かれながら、波打ち際に佇んで水平線を眺めている人影に声をかける。

「ばあちゃん」

◆

目が覚めた。

身体を起こし、布団から出る。夢の中にいる感覚が抜けなくて、軽く頭を振る。変な夢を見た。夢の中身は忘れてしまったけれど、変な夢だったことはしっかりと覚えている。

ばあちゃんはもう散歩に出かけてしまっただろうか。考えながら、ぼくは階段を下りた。まずは居間のふすまを開け、ばあちゃんがいないことを確認。次に、ばあちゃんが寝ている部屋のふすまをゆっくりと開ける。

開けてすぐ、分かった。

部屋の真ん中に布団を敷いて、ばあちゃんが眠っている。——違う。眠っているわけではない。眠っているなら起きる。ばあちゃんはもう起きない。

海が。

海が、消えている。

ちりん。風鈴が鳴った。ぼくはばあちゃんに歩み寄る。しゃがんで、布団の上からばあちゃんの身体を揺らす。

「ばあちゃん」

ちりん。ちりん。ちりん。

「ばあちゃん」

返事はない。分かっていたこと。ぼくは立ち上がり、居間に向かった。黒電話の下のメモ用紙を引き出して、ばあちゃんに教わった通り電話をかける。ダイヤルの回る音はやっぱり知らない生き物の鳴き声のようで、受話器から権蔵さんの声が聞こえるまで、電話の前にいることがやけに不安で落ち着かなかった。

「もしもし」

「死にました」

淡々と、起こったことを、ありのままに告げる。

「ばあちゃん、死んじゃいました」

しばらく、権蔵さんから返事は無かった。ちりん。ばあちゃんの部屋の風鈴の音がここまで届く。風鈴が鳴るたび、夏の湿った空気が重さを増していく気がする。

「分かった。今から行く。待っとれ」

電話が切れた。どこで待とう。考えて、玄関に向かった。段差に腰かけ、包帯の巻かれた右足を眺めながら、ガラガラと音を立てて引き戸が開くのを待つ。

やがて期待通りに引き戸が開き、権蔵さんが現れた。権蔵さんは入ってすぐぼくがいたことに少し怯み、だけどすぐ気を取り直してぼくに話しかける。

「伊代ちゃんは」

「部屋です」

「分かった。後はワシに任せとけ」

「あの」

靴を脱いでいる権蔵さんに声をかける。僕はこちらを向いた権蔵さんを見返し、はっきりと告げた。

「散歩、行ってきてもいいですか」

権蔵さんの視線が、包帯で固められたぼくの右足に移った。そしてしばらく黙った後、苦しそうに言葉を吐く。

「ええよ。無茶したらあかんぞ」

「はい。ありがとうございます」

ぺこりと頭を下げ、ぼくはスニーカーを履いて外に出た。不思議なことに、右足は全く痛くなかった。治ったわけではない。痛まないとおかしい。分かっているのに、身体は麻痺(まひ)したまま変わらない。

朝の薄い光を浴びながら、町をふらふらと歩く。スニーカーを履いたパジャマの子どもが一人で歩いている姿は、きっと周りから見たらとても奇妙だっただろう。だけどどうにか誰にも話しかけられず、目指していたところまで来られた。

海。

靴を脱ぎ、素足で砂浜に立つ。貝殻や小石に足の裏をチクチクと刺されながら、波打ち際まで行く。爪先がぎりぎり波に届くぐらいのところで止まって、だらりと両腕を下げ、朝日に照らされて輝く水平線を見やる。

――あたしも、海に還（かえ）るんやなあ。

夏休み。海水浴。高速道路。サービスエリア。

「……あ」

病院。点滴。カーテン。焼き肉。上カルビ。ビール。

「あ、あ……」

田んぼ。あぜ道。畳。風鈴。黒電話。時代劇。ラムネ。ビー玉。戦争。蚊取り線香。蚊帳（かや）。テトラポッド。山登り。リュック。おにぎり。汗拭（ふ）きタオル。石段。鳥居。賽銭箱。熊。映写機。スクリーン。唐揚げ。ポテト。オレンジジュース。蛙。星空。

「あ、う、ああ……」

海から来て。

海に還る。

「あ、あ……あああああああああああああああ!!」

ぼくは、叫んだ。

泣いたのではない。ぽろぽろと涙を流しながら、海に向かってひたすらに叫んだ。理由も目的もない。ただ涙が、叫びが、溢（あふ）れて止まらなかった。

「返せ！　返せ！　返してよぉ！」

世界が無くなっていく。自分が溶けていく。このまま、ぼくも海に還れるんじゃないか。そう思えてくる。だけどそうはならない。ぼくは生きているから。まだまだ、ちゃんと生きなくてはならないから。能力の意味を知るため。生まれた意味を知るため。ばあちゃんのように、満ち足りて海に還るため。

「返してよお……」

仰向けに砂浜に倒れる。流した涙が口に入る。それは海のように塩辛くて、命の味がして、ぼくはわけもわからず、また空に向かってめちゃくちゃに叫んだ。

◆

たくさんの人が、ばあちゃんのお葬式に訪れた。

上映会にいた人たちはもちろん、いなかった人も山ほどばあちゃんに会いに来た。ずらりと続くお焼香の列を見て、権蔵さんは「さすが伊代ちゃんやなあ」と呟いた。お葬式に来た人はやっぱりお年寄りの人がほとんどで、そしてなぜだか、お葬式なのに泣かないで笑っている人が多かった。

喪主は叔父さんがやった。ばあちゃんは「そこまでの仲やない」と言っていたけれど、叔父さん以外に繋(つな)がりのある親戚はもうほとんどいないらしい。血の繋がりに無頓着(むとんちゃく)な人だったそうだ。ぼくに良くしてくれたのも、ぼくが親戚(しんせき)だからではなく、ぼくだったからなのだろうか。そうであって欲しい。

お葬式でぼくのやることは何も無かった。当たり前だ。ぼくとばあちゃんが一緒にいたのはおよそ二日間。最期（さいご）は一緒にいたけれど、それだけでしかない。話し相手も勝平ぐらいしかいないし、だけど葬儀場からは離れられないし、ぼくはとにかく退屈で、だいたいの時間を葬儀場の休憩室でぼんやりと過ごしていた。

「遥くん」

畳張りの休憩室で壁にもたれかかっているぼくに、叔父さんが話しかけてきた。隣には叔母さんもいて、二人ともとても心配そうな顔をしている。

「大丈夫かい？　辛（つら）いなら、どこかに気晴らしに行こうか？」

やることがないからぼけっとしていただけなのに、誤解させてしまった。ぼくは「大丈夫です」と答える。だけど叔父さんも叔母さんも表情を変えない。どうしよう。困った。

――そうだ。

「あの」

いずれ言うことだ。今ここで言ってしまおう。

「叔父さんたちはこれから、ぼくのお父さんとお母さんになってくれるんですよね」

叔父さんたちの表情が、心配から驚きに変わった。とりあえず話題を変えるのは成功。

正座をして叔父さんたちに向かい合い、深くお辞儀をする。

「よろしくお願いします」

ぼくはゆっくりと頭を上げた。叔父さんと叔母さんが目を合わせる。そしてすぐ、叔父さんたちもぼくと同じように正座をして、ぼくと同じように深々と頭を下げた。

「こちらこそ、よろしくお願いします」

顔を上げた叔父さんたちと目が合った。二人とも嬉しそうに笑っていて、ぼくもつられて笑ってしまう。大丈夫。そんな言葉が、ふっと頭に浮かんだ。

◆

十歳。命の不条理に振り回されながら、その生を全うした人に出会った。

十四歳。己の過ち（あやま）を重い罪と受けとめ、罰の軽さに苦しむ人に出会った。

十七歳。愛しい（いと）人の死を前に、新たな愛しさを芽生えさせる人に出会った。

二十歳。生まれ持った性に苦しみ、道に迷ってもがく人に出会った。

二十四歳。生と死の間を揺蕩い（たゆた）ながら生まれた、新しい命に出会った。

そして——

エンドロール

「いただきます」

両手を合わせて呟く。向かいの琴音も、その隣の海斗も同じことをする。海斗は同じ母音の仮名を続けて喋るのが苦手だから、「いたあきます」とか「いたーきます」みたいな言い方になってしまう。父親の僕にとってはそれがとてもかわいいのだけれど、幼稚園でお友達にからかわれてから気にしているようで、たまに言い直したりする。今日は言い直さなかった。朝ご飯が大好きなオムレツだから、それどころではなかったのだろう。

箸でオムレツを切りながら、テレビから流れる朝の情報番組を眺める。やがて公開されたばかりの劇場アニメの宣伝が始まり、テレビ放映版の方を毎週楽しみに観ている海斗はすっかり釘付けになっていた。明日は土曜日。僕はオムレツを飲み込み、何気なく言葉をこぼす。

「明日、この映画、観に行くか」

海斗が勢いよく僕の方を向いた。オムレツの食べかすをぽろぽろとこぼしながら、声を大きく弾ませる。

「本当!?」

「ああ。海斗も観たいだろ」

「観たい！」

「いいから、食べながら喋らないの。パパも食べてる間は話しかけないで」

琴音が僕と海斗を叱る。僕たちは目を合わせて肩を竦めた。「怒られちゃったね」。ダメな男同士、目線で言葉を交わして食事に戻る。

やがていつも通り、僕が一足先に食事を終えた。食器を流し台に置き、歯を磨いて髭を剃る。寝間着からスーツに着替え、ビジネスバッグとゴミ袋を持って準備万端。部屋の玄関を出る前に、リビングの琴音と海斗に声をかける。

「行ってきます」

「行ってらっしゃい」

「行ってらっしゃい！」

朗らかな返事を受け、足取りが軽くなる。マンションの総合玄関を出ると、朝にしては主張の強い日差しが降り注いでいて、本格的な夏の訪れを感じた。マンション前のゴミ捨て場にゴミを出し、同じように仕事に行く人々の流れに乗って駅に向かう。

前方から、年老いた女性が歩いてきた。

脈拍が少し速まる。まだ見える距離ではない。十メートル、五メートル、三メートル。

胸の上に「海」は――

――ない。

脈拍が戻る。無意味にビジネスバッグを持ち直し、歩調を速める。二十九歳。生きるも死ぬも諸行無常と悟るには、まだまだ年季が足りない。

◆

暑気払いの飲み会を終え、家に帰る頃には、時刻は午後十時を回っていた。

ほろ酔い気分で「ただいま」と玄関の扉を開けると、リビングから琴音が「おかえりー」と返事をくれた。海斗の返事はない。リビングに入ると海斗はソファの上でタオルケットをかぶり眠っていて、その雑な寝方に思わず吹き出してしまった。

「部屋で寝ればいいのに」

「パパのせいでしょ」

「え？」

「パパが朝、明日は映画に行こうって言ったから、約束を確かめるために起きてたの。でもなかなか帰ってこないから……」

「力尽きて眠った、と」

「そういうこと」

それは悪いことをした。少し顔を近づけてみたけれど、海斗は寝息にあわせてマシュマロみたいなほっぺたを動かすだけで、まるで目覚める気配はない。僕は手を伸ばし、海斗を下から抱きかかえる形でひょいと持ち上げた。

「とりあえず、ベッドまで連れて行こうか」

「そうね」

琴音が寝室の扉を開けた。僕は電気をつけないまま中に入り、ベッドの上に海斗をそっと下ろす。布団をかぶせた海斗が小さく寝返りを打ち、むにゃむにゃと何だかよく分からない寝言を言って、またいびきをかき始めた。

「疲れてるみたいだね」

「今日は幼稚園でイベントがあったから」

「何があったの？」

「老人ホームとの交流会。話をしたり、歌を歌ったりしたんだって。それでね……」

琴音が海斗の髪を撫(な)でた。慈(いつく)しみと悲しみを込めて、ぽつりと言葉をこぼす。

「また、見えたみたい」

僕は「そうか」と頷(うなず)いた。動揺はない。老人ホームという単語と、琴音の表情から予測は出来ていた。もう何度も、何度も、僕たちの息子は「海」を目撃している。

血筋に眠る能力が、死を覚悟すると目覚める。生まれてすぐ新生児集中治療室に送られたこの子は、この世に生を受けた瞬間にその条件を満たしてしまった。まだ死ぬというのがどういうことかすら、分かっていないというのに。

「いつかは、ちゃんと教えないとね」

「大丈夫。僕が教えるよ。ばあちゃんが僕に教えてくれたみたいに」

「でも本当に大事なところは教えないんでしょ？」

「ああ。それでいいんだ。この子も、いずれ分かる」

ありったけの愛(いと)おしさを込めて、海斗の柔らかい髪の毛を撫でる。琴音が僕を上目づかいに覗(のぞ)き、意味深な微笑(ほほえ)みを浮かべた。

「遥くんは、分かったの？」

久しぶりに名前で呼ばれた。僕は力なく首を横に振る。

「分からない。僕もまだこれから。ただ、うっすらと見えているものはある」

「聞かせて」

「意味なんて、無くていいんじゃないかな」

思えば、ばあちゃんは初めからそう言っていた。

能力との付き合い方を教えるという目的で僕と寝食を共にしたばあちゃんが、僕のためにわざわざやってくれたことは一つしかない。自分の散歩に連れて行く。それだけだ。そしてわけもわからず散歩に連れていかれ、「この散歩に意味はあるのか」と尋ねた僕に、ばあちゃんは「意味なんてなくていい」と答えた。

あれこそが、ばあちゃんが長い人生を経て辿り着いた真実だったのではないだろうか。ばあちゃんが僕に教えたかったことは、本当にただ、あれ一つだったのではないだろうか。

「生まれた意味なんて、能力の意味なんて、なくていい。ただ生まれて、生きていることが尊い。意味なんて必要ないと分かることに意味がある。何となく、そういうことだと思うんだ」

「何それ。禅問答みたい」

「僕もそう思う」

二人で笑い合う。海斗が「ん」と鼻から声を出し、またごろりと寝返りを打った。めくれた布団をかぶせ直し、琴音が囁く。

「起こしちゃうから、早く戻ろ」

琴音が早足で寝室から出て行った。僕もその後を追う。ドアノブを摑み、ゆっくりと内側に扉を閉めながら、幸せそうに眠る我が子に胸中から言葉を贈る。

今夜、もし僕が死ななければ——

明日は映画を観に行こう。甘いジュースと山盛りのポップコーンを買って、一緒にスクリーンを見上げよう。映画が終わった後は感想を話そう。君が感じたことを、僕が感じたことを、言葉にして交わし合おう。お互いが生きていることを確かめるみたいに。

これが最後かもしれない。もう二度と、言えないかもしれない。万感の想いをありふれた言葉に込めて、僕は今ここにある生を振り絞り、君が生きていた今日という日の奇跡を讃える。

「おやすみ」

この作品はyom yom 二〇一九年六月号〜二〇二〇年二月号に連載された。

いなくなれ、群青
河野裕著

11月19日午前6時42分、僕は彼女に再会した。あるはずのない出会いが平坦な高校生活を一変させる。心を穿つ新時代の青春ミステリ。

その白さえ嘘だとしても
河野裕著

クリスマスイヴ、階段島を事件が襲う——。そして明かされる驚愕の真実。『いなくなれ、群青』に続く、心を穿つ青春ミステリ。

汚れた赤を恋と呼ぶんだ
河野裕著

なぜ、七草と真辺は「大事なもの」を捨てたのか。現実世界における事件の真相が、いま明かされる。心を穿つ青春ミステリ、第3弾。

凶器は壊れた黒の叫び
河野裕著

柏原第二高校に転校してきた安達。真辺由宇と接触した彼女は、次第に堀を追い詰めていく……。心を穿つ青春ミステリ、第4弾。

夜空の呪いに色はない
河野裕著

郵便配達人・時任は、今の生活を気に入っていた。だが、階段島の環境の変化が彼女に決断を迫る。心を穿つ青春ミステリ、第5弾。

きみの世界に、青が鳴る
河野裕著

これは僕と彼女の物語だ。だから選ばなければいけない。成長するとは、大人になるとは、何なのかを。心を穿つ青春ミステリ、完結。

白河三兎著
冬の朝、そっと担任を突き落とす

校舎の窓から飛び降り自殺した担任教師。追い詰めたのは、このクラスの誰？　痛みを乗り越え成長する高校生たちの罪と贖罪の物語。

梶尾真治著
黄泉がえり

会いたかったあの人が、再び目の前に――。死者の生き返り現象に喜びながらも戸惑う家族。そして行政。「泣けるホラー」、一大巨編。

辻村深月著
ツナグ
吉川英治文学新人賞受賞

一度だけ、逝った人との再会を叶えてくれるとしたら、何を伝えますか――死者と生者の邂逅がもたらす奇跡。感動の連作長編小説。

辻村深月著
盲目的な恋と友情

まだ恋を知らない、大学生の蘭花と留利絵。やがて蘭花に最愛の人ができたとき、留利絵は。男女の、そして女友達の妄執を描く長編。

恩田陸著
夜のピクニック
吉川英治文学新人賞・本屋大賞受賞

小さな賭けを胸に秘め、貴子は高校生活最後のイベント歩行祭にのぞむ。誰にも言えない秘密を清算するために。永遠普遍の青春小説。

恩田陸著
私と踊って

孤独だけど、独りじゃないわ――稀代の舞踏家をモチーフにした表題作ほかミステリ、SF、ホラーなど味わい異なる珠玉の十九編。

重松清著

ナイフ

坪田譲治文学賞受賞

ある日突然、クラスメイト全員が敵になる。私たちは、そんな世界に生を受けた——。五つの家族は、いじめとのたたかいを開始する。

重松清著

ビタミンF

直木賞受賞

もう一度、がんばってみるか——。人生の"中途半端"な時期に差し掛かった人たちへ贈るエール。心に効くビタミンです。

重松清著

エイジ

山本周五郎賞受賞

14歳、中学生——ぼくは「少年A」とどこまで「同じ」で「違う」んだろう。揺れる思いを抱き成長する少年エイジのリアルな日常。

重松清著

きよしこ

伝わるよ、きっと——。少年はしゃべることが苦手で、悔しかった。大切なことを言えなかったすべての人に捧げる珠玉の少年小説。

重松清著

小さき者へ

お父さんにも14歳だった頃はある——心を閉ざした息子に語りかける表題作他、傷つきながら家族のためにもがく父親を描く全六篇。

重松清著

卒業

大切な人を失う悲しみ、生きることの過酷さ。それでも僕らは立ち止まらない。それぞれの「卒業」を経験する、四つの家族の物語。

伊坂幸太郎著　オーデュボンの祈り

卓越したイメージ喚起力、洒脱な会話、気の利いた警句、抑えようのない才気がほとばしる！　伝説のデビュー作、待望の文庫化！

伊坂幸太郎著　ラッシュライフ

未来を決めるのは、神の恩寵か、偶然の連鎖か。リンクして並走する4つの人生にバラバラ死体が乱入。巧緻な騙し絵のごとき物語。

伊坂幸太郎著　重力ピエロ

ルールは越えられるか、世界は変えられるか。未知の感動をたたえて、発表時より読書界を圧倒した記念碑的名作、待望の文庫化！

伊坂幸太郎著　フィッシュストーリー

売れないロックバンドの叫びが、時空を超えて奇蹟を呼ぶ。緻密な仕掛け、爽快なエンディング。伊坂マジック冴え渡る中篇4連打。

伊坂幸太郎著　砂漠

未熟さに悩み、過剰さを持て余し、それでも何かを求め、手探りで進もうとする青春時代。二度とない季節の光と闇を描く長編小説。

伊坂幸太郎著　ゴールデンスランバー
山本周五郎賞受賞
本屋大賞受賞

俺は犯人じゃない！　首相暗殺の濡れ衣をきせられ、巨大な陰謀に包囲された男。必死の逃走。スリル炸裂超弩級エンタテインメント。

デザイン　川谷康久（川谷デザイン）

今夜、もし僕が死ななければ

新潮文庫　あ－102－1

令和三年二月一日発行
令和五年九月五日十一刷

著者　浅原ナオト

発行者　佐藤隆信

発行所　株式会社新潮社

郵便番号　一六二―八七一一
東京都新宿区矢来町七一
電話　編集部(〇三)三二六六―五四四〇
読者係(〇三)三二六六―五一一一
https://www.shinchosha.co.jp

価格はカバーに表示してあります。

乱丁・落丁本は、ご面倒ですが小社読者係宛ご送付ください。送料小社負担にてお取替えいたします。

印刷・錦明印刷株式会社　製本・錦明印刷株式会社

ISBN978-4-10-180210-7 C0193